Falem de batalhas, de reis e de elefantes

MATHIAS ÉNARD

Falem de batalhas, de reis e de elefantes

Tradução de Ivone C. Benedetti

Texto de acordo com a nova ortografia.
Título original: *Parle-leur de batailles, de rois et d'éléphants*

1ª edição: setembro de 2013

Tradução: Ivone C. Benedetti
Capa: Marco Cena
Ilustrações: pág. 6 – esboço de Michelangelo, 1517-1518, Archivio Buonarroti, Florença; pág. 138-139 © Pierre Marquès
Preparação: Jó Saldanha
Revisão: Marianne Scholze

CIP-Brasil. Catalogação na Fonte
Sindicato Nacional dos Editores de Livros, RJ

E46f

Énard, Mathias, 1972-
 Falem de batalhas, de reis e de elefantes / Mathias Énard; tradução de Ivone C. Benedetti. – Porto Alegre, RS: L&PM, 2013.
 152 p. : 21 cm

 Tradução de: *Parle-leur de batailles, de rois et d'éléphants*
 ISBN 978-85-254-2852-3

 1. Ficção francesa. I. Benedetti, Ivone Castilho, 1947- II. Título.

13-1651.
CDD: 843
CDU: 821.133.1-3

© Actes Sud, 2010

Todos os direitos desta edição reservados a L&PM Editores
Rua Comendador Coruja, 314, loja 9 – Floresta – 90.220-180
Porto Alegre – RS – Brasil / Fone: 51.3225.5777 – Fax: 51.3221.5380

PEDIDOS & DEPTO. COMERCIAL: vendas@lpm.com.br
FALE CONOSCO: info@lpm.com.br
www.lpm.com.br

Impresso no Brasil
Primavera de 2013

Como são crianças, fale-lhes de batalhas, reis, cavalos, diabos, elefantes e anjos, mas não deixe de lhes falar de amor e de coisas semelhantes.

pani dua
u bochal di vino
una aringa
tortegli

una salata
e quatro pani
u bochal di vino
un quartuccio di bruscho
u piattello di spinaci
quatro aliciette
tortelli

sei pani
dua minestre di finochio
una aringa
u bochal di tondo

Com o dia a noite não se comunica. Nele ela queima. É levada à fogueira quando amanhece. E com ela a sua gente, beberrões, poetas, amantes. Somos um povo de relegados, condenados à morte. Não te conheço. Conheço teu amigo turco; é um dos nossos. Aos poucos ele está desaparecendo do mundo, tragado pela sombra e por suas miragens; somos irmãos. Não sei que dor ou que prazer o impeliu para nós, para a poeira de estrela, talvez o ópio, talvez o vinho, talvez o amor; talvez alguma obscura ferida da alma bem escondida nos recessos da memória.

Desejas juntar-te a nós.

Teu medo e teu desconcerto lançam-te em nossos braços, procuras abrigar-te neles, mas teu corpo rijo continua preso às tuas certezas, afastando o desejo, recusando a entrega.

Não te culpo.

Habitas outra prisão, um mundo de força e coragem onde pensas que podes ser carregado em triunfo; acreditas obter a benevolência dos poderosos, procuras a glória e a fortuna. No entanto, quando a noite cai, tremes. Não bebes, pois tens medo; sabes que o ardor do álcool te precipita na fraqueza, na irresistível necessidade de reencontrar carícias, uma ternura desaparecida, o mundo perdido da infância, a satisfação, a calma diante da incerteza cintilante da escuridão.

Acreditas desejar minha beleza, a maciez de minha pele, o brilho de meu sorriso, a delicadeza de minhas articulações, o carmim de meus lábios, mas na realidade o que desejas sem saberes é o desaparecimento de teus medos, a cura, a união, o retorno, o esquecimento. Esse poder em ti devora-te na solidão.

Então sofres, perdido num crepúsculo infinito, com um pé no dia e o outro na noite.

Três fardos de pele de zibelina e marta, cento e doze peças de lã, nove rolos de cetim de Bérgamo, outros tantos de veludo florentino dourado, cinco barris de nitro, duas caixas de espelhos e um pequeno porta-joias: foi isso que desembarcou depois de Michelangelo Buonarroti no porto de Constantinopla numa quinta-feira, 13 de maio de 1506. Assim que a fragata atracou, o escultor saltou em terra. Arfa um pouco, depois de seis dias de penosa navegação. Ignora-se o nome do dragomano grego que o espera, o chamaremos Manuel; em compensação, sabe-se o nome do comerciante que o acompanha, Giovanni di Francesco Maringhi, florentino estabelecido em Istambul já há cinco anos. As mercadorias são dele. É um homem afável e está feliz por encontrar o escultor do *Davi*, herói da república de Florença.

Evidentemente, Istambul era bem diferente então; sobretudo, chamava-se Constantinopla; Santa Sofia reinava sozinha, sem a Mesquita Azul, a margem oriental do Bósforo era deserta, o grande bazar ainda não era essa imensa teia de aranha na qual os turistas do mundo inteiro se perdem para serem devorados. O Império já não era romano e ainda não era Império, a cidade balançava entre otomanos, gregos, judeus e latinos; o sultão tinha o nome de Bayazid, segundo, cognominado Santo, Pio, Justo. Florentinos e venezianos chamavam-no Bajazeto; os franceses, Bajazet. Era um homem prudente e discreto, que reinou trinta e um anos; gostava de saborear o vinho, a poesia e a música; não refugava homens jovens nem mulheres jovens; apreciava ciências e artes, astronomia, arquitetura, prazeres da guerra, cavalos velozes e armas cortantes. Ignora-se o que o levou a convidar Michelangelo Buonarroti dos Buonarroti de Florença a ir a Istambul, ainda que o escultor já gozasse de grande fama na Itália. Aos trinta e um anos, alguns viam nele o maior artista daqueles tempos. Era frequentemente comparado ao imenso Leonardo da Vinci, vinte anos mais velho.

Naquele ano Michelangelo deixou Roma num rompante; era sábado, 17 de abril, véspera do lançamento da pedra fundamental da nova basílica de São Pedro. Tinha ido pela quinta vez seguida pedir ao papa que fizesse a gentileza de honrar a promessa de lhe dar mais dinheiro. Foi posto para fora.

Michelangelo treme em seu manto de lã, a primavera é tímida, chuvosa. Michelangelo Buonarroti chega às fronteiras da república de Florença na segunda hora da noite, é o que nos diz Ascanio Condivi, seu biógrafo; detém-se numa estalagem a trinta léguas da cidade.

Michelangelo esbraveja contra Júlio II, papa guerreiro e autoritário que o tratou tão mal. Michelangelo é orgulhoso. Michelangelo tem consciência de ser um artista de valor.

Sabendo-se em segurança no território florentino, expulsa os esbirros que o papa mandou atrás dele com ordem de levá-lo a Roma, à força se preciso. Chega a Florença no dia seguinte, na hora do jantar. Sua criada lhe serve um caldo magro. Michelangelo insulta mentalmente o arquiteto Bramante e o pintor Rafael, invejosos que, acredita, o difamaram junto ao papa. O pontífice Giulio Della Rovere é orgulhoso, também. Orgulhoso, autoritário e mau pagador. O artista precisou tirar de seu próprio bolso o dinheiro para os mármores que foi escolher em Carrara para a execução do túmulo papal, imenso monumento que deveria ser entronizado bem no meio da nova basílica. Michelangelo suspira. O adiantamento sobre o contrato, assinado pelo papa, foi gasto em materiais, viagens, aprendizes para esquadrar os blocos.

O escultor, esgotado pela viagem e pelos aborrecimentos, um pouco aquecido pelo caldo, encerra-se em seu leito minúsculo de homem renascente e adormece sentado, com as costas contra uma almofada, porque sente medo da imagem de morto que tem quem fica deitado.

No dia seguinte, espera uma mensagem do papa. Treme de raiva ao pensar que o pontífice nem mesmo se dignou a recebê-lo, na véspera de sua partida. Bramante, o arquiteto, é um imbecil, e Rafael, o pintor, um pretensioso. Dois anões que incensam a soberba desmedida do purpurado. Depois, chega o domingo e Michelangelo come carne pela primeira vez em meses, um cordeiro delicioso, cozido pelo padeiro vizinho. Desenha o dia inteiro, em pouquíssimo tempo gasta três sanguinas e duas minas de chumbo.

Os dias passam, Michelangelo começa a se perguntar se não cometeu um erro. Hesita em escrever uma carta a Sua Santidade. Voltar a cair nas boas graças do papa e retornar a Roma. Jamais. Em Florença, a estátua de *Davi* fez dele o herói da cidade. Ele poderia aceitar encomendas que não faltariam quando se soubesse de sua volta, mas isso desencadearia a fúria de Júlio, com quem tem compromisso. A ideia de precisar humilhar-se mais uma vez diante do pontífice provoca-lhe um belo acesso de raiva.

Quebra dois vasos e um prato de maiólica.

Depois, calmo, volta a desenhar, estudos de anatomia, principalmente.

Três dias depois, após as vésperas, esclarece Ascanio Condivi, recebe a visita de dois monges franciscanos, que chegam encharcados por um aguaceiro. O Arno subiu muito nos últimos dias, teme-se uma cheia. A criada ajuda os monges a se enxugar; Michelangelo observa os dois homens, com a bainha da roupa manchada de lama, tornozelos nus, panturrilhas magras.

— Mestre, viemos transmitir-lhe uma mensagem da mais alta importância.

— Como me encontraram?

Michelangelo diverte-se com o pensamento de que Júlio II tem mensageiros bem lastimáveis.

– Por indicação de seu irmão, mestre.

– Aqui está uma carta para o senhor, *maestro*. É um pedido estranho, proveniente de uma personalidade elevadíssima. A carta não está lacrada, mas selada com caracteres desconhecidos. Michelangelo não pode evitar a decepção quando vê que ela não vem do papa. Põe a missiva na mesa.

– Do que se trata?

– De um convite do sultão de Constantinopla, mestre.

É possível imaginar a surpresa do artista, seus olhinhos se arregalando. O sultão de Constantinopla. O grão-turco. Fica girando a carta entre os dedos. O papel acetinado é dos mais suaves que existem.

Sentado em meio aos ventos do Adriático, num barco sobre o Adriático, Michelangelo arrepende-se. Está com o estômago virado, as orelhas zumbindo, tem medo. É a vingança divina, essa tempestade. Ao largo de Ragusa, depois diante da Moreia, tem em mente a frase de São Paulo: "Para aprender a orar é preciso fazer-se ao mar", e a compreende. A imensidão da planura marinha o apavora. Os marujos falam um horrível dialeto anasalado que ele entende pela metade. Saiu de Florença em 1º de maio e embarcou em Ancona, depois de seis dias de hesitações. Os franciscanos retornaram três vezes, três vezes ele os mandou de volta pedindo que esperassem mais um pouco. Leu e releu a carta do sultão, esperando que naquele ínterim algum sinal do papa pusesse fim a suas incertezas. Júlio II devia estar ocupado demais com sua basílica e com os preparativos de uma nova guerra. Afinal, servir o sultão de Constantinopla era uma bela vingança contra o pontífice belicoso que o pusera para fora como um indigente. E o valor oferecido pelo grão-turco é fantástico. O equivalente a cinquenta mil ducados, ou seja, cinco vezes mais do que o papa lhe pagou por dois anos de trabalho. Um mês. É tudo o que Bayazid pede. Um mês para projetar, desenhar e iniciar o canteiro de obras de uma ponte entre Constantinopla e Pera, subúrbio setentrional.

Uma ponte para atravessar aquilo que se chama de Corno de Ouro, o *Khrysokeras* dos bizantinos. Uma ponte no meio do porto de Istambul. Uma obra de mais de novecentos pés de comprimento. Michelangelo tentou frouxamente convencer os franciscanos de que não era qualificado. Se o sultão o escolheu, é porque é, mestre, responderam. E se o seu projeto não convier ao grão-turco, ele o recusará, assim como já recusou o de Leonardo da Vinci. Leonardo? Ficar atrás de Leonardo da Vinci? Atrás daquele parvo que despreza a escultura? O monge, sem perceber bem, imediatamente encontrou as palavras para convencer Michelangelo: *O senhor terá muito mais glória do que ele se aceitar, porque vai ter sucesso onde ele malogrou e dar ao mundo um monumento sem igual, como o seu* Davi.

    Por ora, encostado a um pavês de madeira úmida, o escultor sem igual, futuro pintor de gênio e imenso arquiteto, nada mais é do que um corpo alquebrado pelo medo e pela náusea.

Portanto, todas aquelas peles, todas aquelas peças de lã, aqueles rolos de cetim de Bérgamo e de veludo florentino, aqueles barris e aquelas caixas desembarcaram depois de Michelangelo em 13 de maio de 1506.

    Uma hora antes, ao dobrar a ponta do palácio, o artista avistou a basílica de Santa Sofia, gigante de largas espáduas, Atlas carregando sua cúpula até os píncaros do mundo conhecido; durante as manobras de acostagem, observou a atividade do porto; viu a descarga do óleo de Mitilene, dos sabões de Trípoli, do arroz do Egito, dos figos secos de Esmirna, do sal, do chumbo, da prata, dos tijolos e da madeira de construção; percorreu com o olhar as ladeiras da cidade, entreviu o antigo serralho, os minaretes de uma grande mesquita ultrapassando a altura da colina; principalmente, olhou a margem oposta, as muralhas da fortaleza da Galácia, do outro lado do Corno de Ouro, estuário que se parece tão pouco com a foz do Tibre. Portanto, é lá, um pouco adiante, a montante, que se espera que ele construa uma ponte. A distância que deve ser transposta é gigantesca. Quantos arcos serão necessários? Qual pode ser a profundidade desse braço de mar?

    Michelangelo e sua bagagem instalam-se num pequeno quarto do primeiro andar das lojas do mercador florentino

Maringhi. Imaginou-se que ele preferiria hospedar-se em casa de compatriotas. Seu dragomano grego mora num recanto de uma dependência vizinha. O aposento onde Michelangelo Buonarroti abre sua bagagem dá para um corredor de belas arcadas de pedra; suas fileiras de janelas, altíssimas, quase encostadas ao teto, distribuem uma luz que parece vir de lugar nenhum, difratada pelas gelosias de madeira. Uma cama e uma mesa de castanheiro, uma arca lavrada de nogueira, duas lamparinas a óleo e um pesado castiçal circular de ferro no teto, só isso.

Uma portinha esconde uma sala de banho ladrilhada de faiança multicolorida onde Michelangelo não tem o que fazer, pois nunca se lava.

Michelangelo tem uma caderneta, um simples caderno feito por ele mesmo: folhas dobradas ao meio, presas com um barbante, e uma capa de papelão grosso. Não é um caderno de esboços, não faz desenhos nele; também não anota os versos que às vezes lhe ocorrem, ou rascunhos de cartas, muito menos impressões sobre os dias ou o tempo que faz.

Naquele caderno manchado, ele registra tesouros. Acúmulos intermináveis de objetos diversos, contas, gastos, materiais; objetos, listas, palavras, simplesmente.

Seu caderno é seu baú.

O nome das coisas lhes dá vida.

11 de maio, vela latina, joanete, balancina, adriça, desfraldar.

12 de maio, gaxeta, cabrestante, caverna, escotilha, carlinga.

13 de maio de 1506, estopa, pederneira, fuzil, mecha, cera, óleo.

14 de maio, dez folhas pequenas de papel pesado e cinco grandes, três belas plumas, um tinteiro, uma garrafa de tinta preta, um frasco de vermelha, minas de chumbo, lápis, três sanguinas.

Dois ducados a Maringhi, avarento, ladrão, assassino. Felizmente a migalha de pão e o carvão são gratuitos.

Nos três primeiros dias, Michelangelo espera. Sai pouco, principalmente pela manhã, sem ousar se afastar das cercanias imediatas das lojas do florentino que o hospeda. É acompanhado por Manuel, o tradutor, que lhe propõe descobrir a cidade, visitar a basílica de Santa Sofia ou a magnífica mesquita que o sultão Bayazid acaba de construir numa colina. Michelangelo recusa. Prefere seu passeio habitual: dar voltas em torno do caravançará, ir até o porto, andar ao longo das muralhas até a porta della Farina, como a chamam os europeus ocidentais, observar durante muito tempo a margem oposta do Corno de Ouro e voltar para seus aposentos. É seguido pelo guia, silencioso. Quase não falam. Michelangelo, aliás, não fala com ninguém. Na maioria das vezes o artista come no quarto.

Desenha.

Michelangelo não desenha pontes.

Desenha cavalos, homens e astrágalos.

Desenha cavalos, homens e astrágalos durante três dias, até que o grão-vizir finalmente o manda chamar. A delegação otomana é composta por um jovem pajem, um genovês chamado Falachi e um esquadrão de janízaros com capacetes carmins em forma de turbante. O escultor é instalado numa arabá cinzenta e dourada, puxada por uma parelha fogosa; dois sipaios trotam à frente do cortejo, para abrir caminho; suas cimitarras batem nos flancos das éguas.

No carro, o pajem Falachi puxa conversa; explica a honra que sente em estar ao lado do escultor, até que ponto está feliz por conhecê-lo e descreve a impaciência da corte por conhecer finalmente o imenso artista que vai realizar tão nobre tarefa. Michelangelo espanta-se ao descobrir um genovês tão próximo do grão-turco; Falachi sorri e explica que é escravo do sultão, capturado jovem por corsários, e que sua posição é invejável. É poderoso, respeitado e, se é que importa, rico. Manuel, o grego, aquiesce com a cabeça; Michelangelo afasta a cortina que oculta a janela do carro e olha as ruas de Constantinopla desfilando no ritmo do comboio, frequentemente desacelerado por carregadores ou grupos de negociantes. Entrepostos atulhados de mercadorias, casas de madeira, igrejas de maometanos, com pátios claros atrás dos pórticos a abrirem olhos de luz na matéria da cidade.

A visita será breve e bem pouco protocolar, explica Falachi. O vizir quer antes de tudo lhe apresentar aqueles que o ajudarão em sua tarefa e acertar os detalhes, sem dúvida administrativos, mas importantes. Em seguida ele será instalado numa oficina, onde encontrará tudo o que lhe for necessário para o exercício de sua arte, desenhistas, maquetistas, engenheiros.

Chegando ao palácio, a onipresença de homens armados lembra a Michelangelo suas visitas a Júlio II, papa guerreiro. O imenso pátio no qual ele desce do carro é ao mesmo tempo resplandecente de sol e sombroso. Uma multidão de janízaros e funcionários controla as chegadas. As construções são baixas, novas, deslumbrantes; o artista adivinha cavalariças, alojamentos, corporações de guardas; as passagens, os corredores para onde o conduzem nada têm em comum com as abóbadas sombrias e decrépitas do palácio pontifical de Roma, onde nem Rafael nem o próprio Michelangelo puseram ainda o pincel.

O nome do grão-vizir é Ali Paxá; recebe num salão de solenidades, decorado com revestimentos de madeira, faianças e caligrafias. Não era preciso explicar a Michelangelo que devia ajoelhar-se diante daquele homem imponente que usa turbante, um dos mais poderosos do mundo conhecido, cercado por uma chusma de escribas, secretários, soldados. Bem depressa, Falachi, o pajem, indica ao artista que deve levantar-se e aproximar-se. O vizir tem voz firme. Fala um italiano estranho, repleto de genovês, veneziano ou talvez castelhano. *Maestro*, agradecemos por ter aceitado a tarefa que lhe incumbe. *Maestro* Buonarroti, o sultão seu grande senhor Bayazid rejubila-se por sabê-lo entre nós.

Michelangelo baixa o olhar em sinal de respeito e gratidão.

Não pode deixar de imaginar a reação de Júlio II quando Sua Santidade, o cristianíssimo papa, souber daquela entrevista e da presença de seu escultor preferido junto ao grão-turco.

Esse pensamento lhe instila um misto bastante agradável de excitação e terror.

O vizir Ali Paxá manda entregar a Michelangelo um contrato em latim e uma bolsa com cem aspres de prata para as despesas. O secretário que lhe entrega os papéis tem mãos macias, dedos finos; chama-se Mesihi de Pristina, é um letrado, um artista, um grande poeta, protegido do vizir. Rosto de anjo, olhar sombrio, sorriso sincero; fala um pouco de língua franca, um pouco de grego; sabe árabe e persa. Depois chegam uma série de dignitários: o *shehremini*, responsável da cidade de Constantinopla; o *mohendesbashi*, engenheiro superior, que ainda não é chamado de arquiteto--chefe; o *defterdâr*, administrador; um magote de servidores. Falachi e Manuel traduzem o mais depressa que podem as palavras de boas-vindas e os incentivos da multidão; o escultor é tomado pelo braço, introduzido num aposento adjacente, onde está preparada uma refeição; imediatamente pajens semidissimulados por trás de seus longos gomis dourados despejam água perfumada em timbales. Michelangelo, o frugal, saboreia sem apetite a carne de boi com tâmaras, as berinjelas maceradas, as aves com melaço de alfarroba; desorientado, não consegue reconhecer nem o gosto da canela nem o da cânfora ou do mástique. O artista acha que toda aquela gente o ignora, apesar da pompa da recepção;

para eles, ele não passa de uma imagem, de um reflexo sem matéria, e sente-se ligeiramente humilhado.

Michelangelo, o divino, só tem uma vontade, que é a de ver a oficina que lhe prometeram e começar a trabalhar.

Teu braço é rijo. Teu corpo é rijo. Tua alma é rija. Está claro que não dormes. Sei que me esperas. Notei teu olhar ainda há pouco. Sabias que eu viria. Tudo sempre acaba por chegar. Desejaste minha presença, estou aqui. Muitos desejariam ter-me perto, deitados no escuro; tu me dás as costas. Sinto teus músculos tensos, teus músculos de bárbaro ou guerreiro. É preciso decerto manejar a espada para ter braços tão fortes. A espada ou a foice. No entanto, não te imagino camponês nem soldado, não estarias aqui. És rugoso demais para ser poeta como teu amigo turco. Serás então marinheiro, capitão, mercador? Não sei. Tu me olhavas como uma coisa que se pode comprar ou possuir pelas armas.

Gostei de teu modo de me observar, enquanto eu cantava. A precisão de teus olhos, a delicadeza da cobiça deles. E agora? Tens medo, estrangeiro? Eu é que deveria ter medo. Não passo de uma voz na escuridão, desaparecerei com a aurora. Deslizarei para fora deste quarto quando for possível distinguir um fio preto de um fio branco e os muçulmanos chamarem para a prece.

Receberei a paga, não tens por que te recriminar. Deixa--te levar pelo prazer. Tremes. Não me desejas? Então escuta. Era uma vez, num país distante... Não, não vou te contar uma história. Passou o tempo das histórias. A época dos contos terminou. Os reis são selvagens que matam os cavalos nos quais montam; faz muito tempo que não oferecem elefantes às suas princesas. Meu mundo morreu, estrangeiro, precisei fugir dele, abandonar até minhas lembranças. Eu era criança. Lembro-me apenas do dia da queda, minha mãe desvairada, meu pai confiando no futuro e tentando tranquilizá-la, nosso príncipe traidor fugindo depois de ter aberto a cidade aos exércitos cristãos. Era janeiro, uma neve fina brilhava na montanha. O tempo era bonito. Isabel e Fernando, vossos rudes soberanos católicos, dormiram em Alhambra; Fernando tirou a armadura para fazer sua régia fêmea subir ao mais belo quarto do palácio, depois de ter mandado oficiar uma missa vitoriosa em que todos os seus cavaleiros rezavam com fervor, entrado que tinham na cidadela sem combater. Três meses mais tarde, após vermos os nobres espanhóis instalarem-se na medina, fomos expulsos. Partida, conversão ou morte. Respeitávamos os cristãos. Havia pactos, acordos. Desaparecidos numa noite.

 Por certo nunca mais vou ver o lugar onde cresci. Poderia odiar-vos por tudo isso, a ti e à tua cruz. Eu teria esse direito. Meu pai morreu nos sofrimentos da viagem. Minha mãe está enterrada a duas parasangas daqui. O sultão Bayazid nos acolheu, nesta capital conquistada aos romanos. É justiça. Olho por olho, cidade por cidade. Paraste de tremer. Eu te acaricio suavemente e continuas de gelo, frio como um rio. Minha história te desagrada? Duvido que me escutes de verdade. Deves compreender palavras, fragmentos, pedaços de frases. Surpreende-te que eu fale castelhano. Muitas coisas te surpreenderiam também se tivesses visto Granada.

Não tenho amargura. Um pálido sol de inverno hoje ilumina Andaluzia. As coisas passam.

Fala-se de Novo Mundo; conta-se que para além dos mares se encontram países infinitamente ricos, que os ocidentais conquistaram. Os astros fogem de nós; eles nos mergulham na penumbra. A luz se vai para o outro lado da Terra, quem sabe quando voltará. Não te conheço, estrangeiro. Não sabes nada de mim, só temos a noite em comum. Compartilhamos este momento, a contragosto. Apesar dos golpes que levamos, das coisas destruídas, estou bem junto a ti na escuridão. Não vou te entreter com meus contos até o amanhecer. Não te vou falar de gênios bondosos, vampiras aterrorizantes, viagens a ilhas perigosas. Não resistas. Esquece o medo, aproveita o que sou, como tu, um pedaço de carne que não pertence a ninguém, a não ser a Deus. Toma um pouco de minha beleza, do perfume de minha pele. É o que te oferecem. Não será uma traição nem um juramento; não será uma derrota nem uma vitória.

Apenas duas mãos aprisionando-se, tal como lábios se comprimem sem jamais se unirem.

Manuel, o tradutor, toda manhã faz uma visita a Michelangelo para perguntar-lhe se não precisa de nada, se quer que o acompanhe a algum lugar; na maioria das vezes encontra o escultor ocupado a desenhar ou então a escrever uma de suas inúmeras listas na caderneta. Às vezes tem a sorte de poder observar o florentino traçando, com tinta ou chumbo, um estudo de anatomia, o detalhe de um ornamento de arquitetura.

Manuel está fascinado.

Divertindo-se com seu interesse, Michelangelo se gaba. Pede-lhe que ponha a mão na mesa e, em dois minutos, esboça o punho, toda a complexidade dos dedos encurvados e a polpa das falanges.

– É um milagre, mestre – sussurra Manuel.

Michelangelo põe-se a gargalhar.

– Milagre? Não, meu amigo. É puro gênio, não preciso de Deus para isso.

Manuel fica embaraçado.

– Não estou zombando, Manuel. É trabalho, acima de tudo. Talento não é nada sem trabalho. Tente, se quiser.

Manuel sacode a cabeça, em pânico.

– Mas eu não sei, *maestro*, ignoro tudo de desenho.

– Vou dizer como se aprende. Não há outra maneira. Apoie o braço esquerdo na mesa à frente, com a mão meio aberta, polegar relaxado, e com a direita desenhe o que quiser, uma vez, duas, três, mil vezes. Não é preciso modelo nem mestre. Há de tudo numa mão. Ossos, movimentos, matéria, proporções e até drapeados. Confie no seu olho. Repita até aprender. Depois faça a mesma coisa com o pé, pondo-o sobre uma banqueta; depois com o rosto, usando um espelho. Só depois se pode passar a um modelo, para as poses.

– E o senhor acha que é possível chegar lá, *maestro*? Aqui ninguém desenha assim. Os ícones...

Michelangelo o interrompe bruscamente.

– Os ícones são imagens infantis, Manuel. Pintados por crianças para crianças. Garanto, siga meus conselhos e vai ver como desenha. Depois vai poder distrair-se copiando quantos ícones quiser.

– Vou tentar, *maestro*. O senhor deseja ir passear ou visitar um monumento?

– Não, Manuel, nada por enquanto. Estou bem aqui, a luz é perfeita, não há sombras sobre a minha página, estou trabalhando, não preciso de mais nada, eu agradeço.

– Está bem. Amanhã vamos ver a sua oficina. Até logo.

E o dragomano grego se retira, perguntando-se se vai ousar pôr a mão na mesa e começar a desenhar também.

A oficina fica nas dependências do antigo palácio dos sultões, a dois passos de uma mesquita grandiosa cujas obras acabam de ser terminadas. O secretário poeta Mesihi, o pajem Falachi e Manuel acompanharam Michelangelo para tomar posse do local, um pouco preocupados com as reações do artista.

Uma sala alta, abobadada, com uma multidão de desenhistas e engenheiros, em fila diante de grandes mesas atulhadas de desenhos e plantas.

Maquetes em mostradores, várias maquetes diferentes de uma obra estranha, uma ponte singular, duas parábolas criando um tabuleiro na sua assíntota, sustentadas por um arco único, mais ou menos como um gato arqueando o dorso.

Aqui está seu reino e seus súditos, *maestro*, diz Falachi. Mesihi acrescenta uma fórmula de boas-vindas que Michelangelo não ouve. Seu olhar está fixado nas maquetes.

– Trata-se de modelos realizados a partir do desenho proposto por Leonardo da Vinci, *maestro*. Os engenheiros o consideraram inventivo, mas impossível de construir e, como dizer, o sultão o achou um tanto... um tanto feio, apesar da leveza.

Se o grande Da Vinci não entendia nada de escultura, pois bem, ele também não entende nada de arquitetura.

Michelangelo, o gênio, aproxima-se do projeto de seu célebre antecessor; observa-o por um minuto, depois, com uma gigantesca bofetada, derruba-o do pedestal; o edifício de madeira colada cai de pé, sem se quebrar.

O escultor põe então a botina direita sobre o modelo reduzido e o esmaga com raiva.

A ponte sobre o Corno de Ouro deve unir duas fortalezas, é uma ponte régia, uma ponte que de duas margens opostas por tudo criará uma cidade imensa. O projeto de Leonardo da Vinci é engenhoso. O projeto de Leonardo da Vinci é tão inovador que assusta. O projeto de Leonardo da Vinci não desperta nenhum interesse, porque não pensa no sultão nem na cidade nem na fortaleza. Instintivamente, Michelangelo sabe que irá muito mais longe, que terá sucesso, porque viu Constantinopla, porque entendeu que a obra que lhe pedem não é um passadiço vertiginoso, mas o cimento de uma cidade, da cidade dos imperadores e dos sultões. Uma ponte militar, uma ponte comercial, uma ponte religiosa.

Uma ponte política.

Um pedaço de urbanidade.

Engenheiros, maquetistas, Mesihi, Falachi e Manuel têm o olhar fixo em Michelangelo, como quem olha uma bombarda de pavio aceso. Esperam que o artista se acalme.

É o que ele faz. Seu olhar cintila, ele sorri, parece que acaba de sair de um sonho agitado demais.

Com os pés afasta os cacos da maquete, depois diz calmamente:

– Esta oficina é magnífica. Mãos à obra. Manuel, leve-me para ver a basílica de Santa Sofia, por favor.

Em 18 de maio de 1506 Michelangelo Buonarroti, em pé numa pequena esplanada, observa a igreja que, cinquenta anos antes, ainda era o centro da cristandade. Pensa em Constantino, em Justiniano, na púrpura dos imperadores e nos cruzados mais ou menos bárbaros que lá entraram a cavalo para saírem carregados de relíquias; vinte anos depois, no momento de desenhar um domo para a basílica de São Pedro de Roma, voltará a pensar na cúpula daquela Santa Sofia cujo perfil ele avista da praça onde os istambuliotas acorrem à prece da tarde, guiados pelo relógio humano do muezim.

Ao seu lado, Mesihi, filho de Pristina, talvez também se lembre de sua emoção ao chegar pela primeira vez a Constantinopla, a Istambul, que fazia pouco tempo era residência do sultão e capital do Império; o fato é que ele toma o escultor pelo braço e lhe diz, indicando os fiéis que entram no imenso nártex da construção:

– Vamos segui-los, *maestro*.

E Michelangelo, ajudado pela mão do poeta e pela fascinação que aquele sublime edifício exerce sobre ele, vence o medo e a aversão às coisas muçulmanas para lá penetrar.

O escultor nunca viu nada semelhante. Dezoito pilares dos mais belos mármores, ladrilhos de serpentino, paredes revestidas de pórfiro, quatro arcos plenos sustentando um domo vertiginoso. Mesihi o leva para cima, para a galeria de onde se enxerga toda a sala de preces. Michelangelo só tem olhos para a cúpula, principalmente para as janelas pelas quais entra, abundante, um sol recortado em quadrados, uma luz alegre que desenha ícones sem imagens sobre os paramentos.

Tamanha impressão de leveza, a despeito da massa, tamanho contraste entre a austeridade exterior e a elevação, a levitação, quase, do espaço interior, equilíbrio de proporções na simplicidade mágica da planta quadrada na qual se inscreve perfeitamente o círculo do domo, o escultor quase tem lágrimas nos olhos. Se pelo menos Giuliano da Sangallo, seu mestre, estivesse lá. O velho arquiteto florentino sem dúvida começaria imediatamente a desenhar, a destacar detalhes, a traçar alçados.

Abaixo dele, no coro, fiéis prostram-se sobre inúmeros tapetes. Ajoelham-se, põem a testa no chão, depois se erguem, olham para as mãos estendidas diante de si como se segurassem um livro, antes de levá-las aos ouvidos para ouvirem melhor um clamor silencioso e ajoelham-se de novo.

Murmuram, salmodiam, e o rumor de todas aquelas palavras inaudíveis zune e mistura-se à luz pura, sem imagens piedosas, sem esculturas que desviem de Deus o olhar; só alguns arabescos, serpentes de nanquim, parecem flutuar no ar.

Seres estranhos esses maometanos.

Seres estranhos esses maometanos e sua catedral tão austera, sem nem sequer uma imagem do Profeta. Por intermédio de Manuel, Mesihi explica a Michelangelo que as camadas de gesso branco escondem os mosaicos e os afrescos cristãos que outrora revestiam as paredes. As caligrafias são nossas imagens, mestre, as de nossa fé. Manuel decifra para o artista as escrituras bárbaras: o único deus é Deus, Muhammad é o profeta de Deus.

— Muhammad é aquele que o senhor chama Maometto, mestre.

Aquele que Dante manda para o quinto círculo do Inferno, pensa Michelangelo antes de voltar à sua contemplação do edifício.

Constantinopla, 19 de maio de 1506
A Buonarroto di Lodovico di Buonarrota Simoni in Firenze

 Buonarroto, recebi hoje, 19 de maio, uma carta sua na qual você me recomenda Piero Aldobrandini e me insta a fazer o que ele me pede. Fique sabendo que ele me escreve até aqui para pedir-me que mande fabricar para ele uma lâmina de adaga, e que eu use dinheiro meu para que ela saia maravilhosa. Ignoro como poderia servi-lo depressa e a contento: em primeiro lugar, porque não é minha profissão, em segundo, porque não tenho tempo de me dedicar a isso. No entanto, vou me empenhar para que ele fique satisfeito, de uma maneira ou de outra.
 Quanto às questões de vocês, especialmente as de Giovan Simone, entendi tudo. Gostaria que ele se instalasse em sua oficina, pois quero ajudá-lo tanto quanto vocês; e, se Deus me conceder ajuda, como sempre fez até agora, espero terminar bem depressa o que devo realizar aqui e depois voltarei e farei o que lhe prometi. Quanto ao dinheiro que, segundo me diz, Giovan Simone quer investir num negócio, parece-me que você deveria encorajá-lo a esperar minha volta, e nós acertaríamos tudo de uma vez. Sei que você me entende, e é o que basta. Diga-lhe, de minha parte, que, se ele quiser de qualquer modo a soma de

que você me fala, seria preciso pegá-la da conta de Santa Maria Maggiore. Daqui ainda não tenho nada para mandar, porque recebi um pouco de dinheiro por conta do trabalho, que é ainda coisa duvidosa, e poderia provocar minha ruína. Por isso, peço que sejam pacientes durante algum tempo, até a minha volta.

Quanto à vontade de Giovan Simone de vir me encontrar, não o aconselho a fazer isso por enquanto, porque estou morando aqui num quarto ruim e não teria a possibilidade de recebê-lo como convém. Se ele insistir diga-lhe que não se pode chegar aqui em um dia de cavalgada!

Só isso.

Peça a Deus por mim e para que tudo corra bem.

Michelagnolo

Dezenove de maio: velas, candeia, duas moedinhas; sopa rala (ervas, condimentos, pão, azeite) o mesmo; peixes fritos, dois pombos, um ducado e meio; serviço, uma moedinha; cobertor de lã, um ducado.

Água fresca e límpida.

Um alaúde, uma bandurra e uma viola que Michelangelo não sabe chamar de *ud, saz* e *kaman* são acompanhados por um pandeiro animado pelos dedos ora acariciantes, ora violentos de uma mulher jovem, vestida de homem, cujos braceletes de metal retinem no ritmo, acrescentam de vez em quando uma percussão metálica ao concerto e distraem um pouco o artista florentino daquela música ao mesmo tempo selvagem e melancólica: é com esse acompanhamento que a jovem – ou o jovem, não é possível jurar qual o seu sexo, calças bufantes e ampla camisa – canta poemas dos quais Michelangelo não entende nada. Entre duas coplas, enquanto a pequena orquestra se esbalda, ela, ou ele, dança; uma dança elegante, recatada, em que o corpo gira, evolui em torno de um eixo fixo, sem que os pés, quase, se desloquem. Uma ondulação lenta de cordão frouxo manipulado pelo vento. Se for corpo de mulher, é perfeito; se for corpo de homem, Michelangelo daria tudo para ver os músculos das coxas e das panturrilhas salientarem-se, a ossatura mover-se, os ombros animarem bíceps e peitorais. De vez em quando, as calças bufantes deixam entrever um calcanhar fino, mas forte, distorcido pelo esforço; a camisa, que termina abaixo do cotovelo, antes dos braceletes, revela ritmadamente as saliências musculares do antebraço, que o escultor aprecia como a mais bela parte do corpo, aquela à qual se pode imprimir com mais facilidade movimento, expressão, vontade.

Pouco a pouco, sentado com as pernas cruzadas sobre almofadas, Michelangelo sente-se invadido pela emoção. Seus ouvidos esquecem a música, embora talvez a própria música o mergulhe naquele estado, faça seus olhos vibrarem e os encha de lágrimas que não cairão; tal como à tarde em Santa Sofia, tal como todas as vezes que toca a Beleza, ou aproxima-se dela, o artista estremece com um misto de felicidade e dor.

Mesihi, a seu lado, observa-o; vê que ele está tomado por aquele prazer de corpo e alma que só a Arte, ou talvez o ópio e o vinho, pode oferecer, e sorri, contente por descobrir que o hóspede estrangeiro se comove com o ritmo das joias andróginas de que seu olhar não se afasta.

Depois da visita à basílica, Michelangelo quis descansar um pouco, não sem ter dado antes uma primeira ordem à sua equipe, que Manuel se apressou a transmitir: preciso sem falta de desenhos e plantas baixas de Santa Sofia, cortes e alçados. Nada mais fácil, garantiram, mas para quê? O escultor mostrou-se evasivo. Depois se retirou para a sobriedade de seu quarto, absorto no papel e na pluma até que as vozes sempre surpreendentes daqueles sinos humanos no alto dos minaretes confirmassem, com a sombra que se alongava sobre a página, que o sol acabava de se pôr. Escrevera duas cartas, uma ao irmão Buonarroto em Florença, para lhe dar instruções sobre seu irmão mais novo, Giovan Simone, e a outra a Giuliano da Sangallo, em Roma, correspondência que ele entregará no dia seguinte ao mercador Maringhi. Tinha acabado de dobrá-las quando Manuel bateu à porta, para anunciar a visita de Mesihi de Pristina, que queria convidá-lo para uma noitada; em seguida, beberiam e ceariam, caso lhes desse vontade. Michelangelo hesitou, mas a gentil insistência do intérprete e do poeta, bem como a possível presença do grão-vizir Ali Paxá em pessoa, fizeram-no decidir.

Portanto, deixou-se levar a pé através das ruas tépidas da cidade. As lojas se fechavam, os artesãos paravam de trabalhar; os perfumes das rosas e do jasmim, decuplicados pela noite, misturavam-se ao ar marítimo e aos eflúvios menos poéticos da cidade. O escultor, ainda deslumbrado pela visita da tarde, estava surpreendentemente tagarela. Explicou a Mesihi até que ponto Constantinopla lhe lembrava Veneza, que ele visitara dez anos antes; havia algo de Santa Sofia na basílica de São Marcos, algo que se exprimia de modo confuso, abafado pelos pilares, algo que o artista não sabia realmente descrever, talvez justamente a ilusão da lembrança. Mesihi fez perguntas sobre Roma, Florença, poetas e artistas; Michelangelo falou de Dante e Petrarca, gênios insuperáveis de quem Manuel e Mesihi não tinham nunca ouvido falar; de Lourenço, o Magnífico, saudoso patrono das Artes que transformara Florença. A conversa passou a Leonardo da Vinci, única personalidade que Manuel e Mesihi podiam citar; Michelangelo tentou explicar-lhes que o velho era detestável, disposto a vender-se a todas as bolsas, a ajudar todos os exércitos em guerra, com ideias de outros tempos sobre a Arte e a natureza das coisas. Mesihi contou que, no começo de seu reinado, o sultão Bayazid estivera em guerra com o papa, por causa de seu irmão Djem, rival renegado, que se refugiara na Itália, primeiramente em Roma e depois junto ao rei de Nápoles; que aquela guerra fora seguida por outra, com a república de Veneza. Fazia só alguns anos que o Império estava em paz com as potências da Itália.

Chegaram a uma porta de ferro no meio de altos muros sem janelas, porta na qual bem depressa se abriu um postigo. Um criado os introduziu num pátio florido, iluminado por tochas. Num aposento com teto de madeira que dava para aquele pátio haviam sido postas almofadas e tapetes. Serviram-lhes bebidas aromáticas e salada de frutas gelada. Depois chegaram outros convivas; entre eles, o vizir Ali Paxá e seu inseparável pajem genovês, que cumprimentaram Michelangelo com uma distância que o artista considerou humilhante; teve início o concerto, o escultor emocionou-se e agora hesita em aplaudir a dançarina ou o dançarino que acaba de terminar sua extraordinária exibição. Mas se contém, vendo que a assistência se limita a retomar o falatório sem qualquer outra marca de admiração. Mesihi volta-se para ele e pergunta sorrindo em sua estranha língua franca se o espetáculo é de seu gosto. O florentino aquiesce com paixão, ele que nunca se interessou por música, decerto porque a música, em sua terra, não passa de triste atividade de monges e a dança, um trabalho de domadores de ursos ou camponeses festeiros.

Incapaz de acompanhar as discussões em turco, Michelangelo, ainda estremecendo de emoção, persegue sua contemplação do dançarino (está cada vez mais convencido de que se trata de homem, e não de mulher), que se sentou com as pernas cruzadas entre os músicos, a alguns passos dele. Só desvia o olhar, incomodado, quando aquela beldade esboça um sorriso para ele. Felizmente, não precisa esconder sua perturbação. Mesihi levantou-se, em meio aos murmúrios dos espectadores. Em pé, começa a recitar versos: melodia harmoniosa, ritmada, de que Michelangelo só entende as assonâncias. Em alguns momentos o alaúde acompanha o poeta; às vezes o público pontua os fins de versos em ah, *h* interminável, com suspiros, murmúrios de admiração.

Quando Mesihi volta a sentar-se, Manuel tenta em vão traduzir aquilo que se acaba de ouvir; Michelangelo apenas percebe que se trata de amor, embriaguez e crueldade.

Na solidão desamparada de quem ignora tudo da língua, dos códigos, dos usos da reunião da qual participa, Michelangelo se sente vazio, objeto de atenções que não entende. Mesihi sentou-se de novo a seu lado; Ali Paxá provocou a alegria ruidosa da assembleia ao pronunciar, quase cantando, as seguintes palavras misteriosas, *Sâqi biyâ bar khiz o mey biyâr*, logo seguidas por um efeito prático: um criado distribuiu taças azuladas, Manuel explicou a evidência, *Venha, escanção, levante-se e traga vinho*, e num passe de mágica, num gesto em que o pesado vaso de cobre já não tinha peso, o dançarino ou dançarina tão ligeiro, tão ligeira, encheu os copos um após o outro, a começar pelo do vizir. Michelangelo, o gênio, arrepiou-se quando os tecidos flácidos, os músculos tensos se aproximaram tanto e, ele que nunca bebe, agora leva a taça aos lábios, em sinal de gratidão a seus anfitriões e em homenagem à beleza daquele ou daquela que lhe serviu o vinho espesso e aromatizado. Cipreste quando em pé, o escanção é salgueiro quando, curvando-se para o conviva, inclina o recipiente do qual brota o líquido negro de reflexos vermelhos no clarão das lâmpadas, safiras a brincarem de rubis.

    Os comensais formaram um círculo, os músicos ficam afastados. O dançarino, a dançarina senta-se para voltar a ser cantor ou cantora durante o tempo em que os copos são esvaziados. Fascinado pela voz poderosa que arremete com tanta facilidade nos agudos, Michelangelo não ouve a explicação do tradutor, que se esfalfa a comentar o canto. Essa segunda embriaguez, a da suavidade dos traços, dos dentes de marfim entre os lábios de coral, da expressão das mãos frágeis pousadas sobre os joelhos, é mais forte do que o vinho capitoso que, no entanto, ele sorve em grandes tragos, na esperança de voltar a ser servido, na esperança de que aquela criatura tão perfeita se aproxime dele novamente.

É o que ocorre e se repete entre canção e canção por horas a fio, até que, vencido por tantos prazeres e pelo vinho, o sóbrio Michelangelo adormece no côncavo das almofadas, como uma criança muito bem acalentada.

A maestro Giuliano da Sangallo, architetto del papa in Roma

Giuliano, entendi por uma de suas cartas que o papa levou a mal a minha ausência e que Sua Santidade está prestes a depositar as verbas e a fazer tudo o que tínhamos combinado, que quer minha volta e deseja que eu não duvide de nada.

No que se refere à minha partida de Roma, a verdade é que ouvi o papa dizer, no Sábado de Aleluia, à mesa, falando com um joalheiro e com o mestre de cerimônia, que não queria gastar nem mais um tostão em pedras, grandes ou pequenas: isso me deixou bastante surpreso. Antes de deixá-lo, eu lhe pedi aquilo de que precisava para prosseguir minha obra. Sua Santidade respondeu que eu devia voltar na segunda-feira: voltei na segunda, na terça, na quarta e na quinta, em vão. Enfim, na sexta-feira pela manhã fui dispensado, ou seja, melhor dizendo, fui expulso, e aquele que me pôs na rua dizia reconhecer-me, mas ter recebido ordens para tanto.

Então, como eu tinha ouvido no sábado as palavras acima, vendo os seus efeitos práticos, fiquei muito desesperado. Mas essa não foi a única causa de minha partida, há também um outro negócio, que não quero escrever aqui; basta explicar que, se eu tivesse ficado em Roma, teriam erigido meu túmulo antes do túmulo do papa. Essa foi a razão da minha mudança súbita.

O senhor me escreve agora por parte do papa, e decerto lerá para ele essas minhas palavras: que Sua Santidade saiba que estou mais do que nunca disposto a terminar a obra. Há quase cinco anos entramos em acordo sobre a sepultura, ela ficará em São Pedro e será tão bela quanto prometi: estou certo de que, se for feita, não haverá nada semelhante no mundo.

Portanto, peço-lhe, meu caro Giuliano, que faça a resposta chegar a mim.

Nada mais.

19 de maio de 1506,
Michelagnolo, escultor em Florença

O sóbrio Michelangelo adormeceu no côncavo das almofadas e acorda sozinho e angustiado, em seu catre. Retalhos de pesadelo selam-lhe as pálpebras. Lembra vagamente que Mesihi e Manuel o levaram num carro ou numa liteira e o jogaram na cama. A vergonha o constrange. Cerra os dentes. Dá puxões na barba até arrancá-la. A dor dos remorsos é tal que ele se refugia na prece. *Meu Deus, perdoai meus pecados, meu Deus, perdoai-me por estar junto aos infiéis, meu Deus, livrai-me da tentação e afastai-me do mal.*

Depois se levanta, cambaleando, como ao sair do navio do qual desembarcou alguns dias antes, e decide voltar a Florença o mais cedo possível. Decerto está com medo; talvez esteja vendo, debruçado acima dele, o papa furioso a brandir a excomunhão; pensa no Juízo Final: vai juntar--se a Maomé num daqueles círculos do Inferno, onde será despedaçado e estripado para toda a eternidade, em meio a diabos e demônios.

Mas por acaso não foi o próprio papa que provocou aquela partida? Deus não a quis? Sua Santidade não mandou expulsá-lo como um indesejável, e ainda por cima sem o pagar? Só os seus irmãos sabem que ele está em Constantinopla. Esconde sua permanência por enquanto e data suas outras cartas de Florença, por intermédio do mercador Maringhi, a quem pediu a maior discrição. Mesmo quem soubesse que ele não estava na Toscana acreditaria que ele estivesse em Bolonha, Veneza, Milão, até, mas certamente não com o grão-turco.

Toda regra tem exceção, o imenso escultor vai para a sala de banhos e, nem que seja para lavar as angústias e apagar os efeitos do vinho pesado da véspera, asperge água gelada no rosto. Depois, serenado, amarra por hábito um pano ao redor da cabeça, em forma de turbante, como fazem os artistas para proteger-se do pó do mármore e dos respingos de pigmentos. Terá feito isso por pensar nas esculturas do túmulo de Júlio II, por simples mania ou para conjurar os efeitos da enxaqueca, como se seu coração batesse forte nas meninges apesentadas pelo vinho, que enrijece o pescoço como amido? Provavelmente tudo junto.

Quando batem à porta, o escultor está à mesa, esboçando, de cor, os tornozelos e as panturrilhas do escanção da véspera, com traços finos e rápidos; não guardou seu nome; Mesihi lhe explicou alguma coisa sobre sua proveniência, sua origem distante, que ele esqueceu também. Ergue os olhos do desenho a contragosto.

– Mesihi de Pristina está aí, *maestro*.

O criado do mercador Maringhi lhe traz, com a notícia da visita, um caldo de miúdos e um pedaço de pão.

– Melhor descer. Vou comer lá embaixo.

Veste uma túnica, calça as botinas, sai para a galeria, anda até as escadas e atinge o pátio. Mesihi o espera, sentado num banco à sombra de uma grande figueira. O céu de Istambul está extraordinariamente azul naquela manhã, pura cor que se espalha até as pedras do caravançará, lado a lado com as folhas da árvore, de verde tão denso.

O criado aproxima um segundo banco, uma caixa de madeira, dois pratos de caldo fumegante e alguns brotos de alho da primavera.

    Mesihi levantou-se ao ver que Michelangelo se aproximava, cumprimentou-o com graça. Vestido com elegância, sorriso brilhante, silhueta esbelta, o poeta teve o cuidado de maquiar ligeiramente os olhos, decerto para esconder os efeitos da falta de sono e da farra. Na ausência do dragomano Manuel, os dois homens precisam se contentar em comunicar-se com os rudimentos de língua franca que Mesihi conhece. Michelangelo empenha-se em falar devagar, em articular bem; aquela língua provavelmente lembra a Mesihi os mercadores italianos da infância, as entoações dalmacianas da mãe, cristã capturada em Ragusa. Não falam de Arte nem de poesia nem de arquitetura, mas do gosto da sopa, da clemência do clima do dia; por razões diferentes, nenhum dos dois menciona a noite da véspera. Terminada a refeição, o doméstico aproxima um cântaro de cobre e despeja água sobre as mãos deles.

    Quando um desenhista e um engenheiro se juntam a eles, o grande artista e o poeta favorito do vizir deixam os entrepostos de Maringhi, o florentino, e vão para o porto.

Michelangelo anota o nome das mercadorias, embora ignore o nome das embarcações de todos os portos que as carregam, na pressa de depositar a carga e deixar o lugar a outras, azeite de Mitilene, sabões de Trípoli, arroz do Egito, melaço de Creta, tecidos da Itália, carvão de Izmit, pedras do Bósforo. Durante o resto da manhã, nos cais, em torno da porta, dentro das muralhas da cidade e até no meio do porto aonde são levados de barco, Michelangelo e os engenheiros observam e medem. O escultor florentino contempla a paisagem, a colina fortificada de Pera do outro lado do Corno de Ouro, a glória de Istambul que está diante dele; os geômetras calculam a extensão exata do braço de mar, mostram ao artista a implantação precisa prevista para a ponte. Discutem-se unidades de distância, côvados florentinos ou venezianos, *kulaç* e *endazé* otomanos; finalmente desembarcam na outra margem, subúrbio tão escarpado que as torres que o defendem parecem paralelas ao declive.

Seres estranhos esses maometanos, tão tolerantes para com as coisas cristãs. Pera é povoada principalmente por latinos e gregos; lá as igrejas são numerosas. Alguns judeus e mouros vindos da distante Andaluzia distinguem-se pelas roupas. Todos os que se negaram a tornar-se cristãos foram recentemente expulsos da Espanha.

Terminada a visita, tomadas as medidas, o artista expressa o desejo de retornar a Constantinopla para voltar a desenhar.

A coisa começa por proporções. A arquitetura é a arte do equilíbrio; assim como o corpo é regido por leis precisas, comprimento dos braços, das pernas, posição dos músculos, um edifício obedece a regras que garantem sua harmonia. A organização de conjunto é a chave de uma boa fachada, a beleza de um templo provém da ordem, da articulação dos elementos entre si. Uma ponte será a cadência e a curvatura dos arcos, a elegância dos pilares, das alas, do tabuleiro. Nichos, ducinas, ornamentos para as transições, sem dúvida, mas já na relação entre abóbadas e pilares tudo estará dito.

Michelangelo não tem nenhuma ideia.

Aquela obra precisa ser única, obra-prima de elegância, tanto quanto o *Davi*, tanto quanto a *Pietà*.

Ao traçar os primeiros esboços, pensa em Leonardo da Vinci, a quem tudo o opõe, acreditando que vivem em duas épocas distanciadas por uma infinidade de eras.

Michelangelo tem um olhar embasbacado diante da prancheta. Ainda não enxerga a ponte. Perde-se em detalhes. Tem pouquíssima experiência com arquitetura; os esboços do túmulo de Júlio são sua obra mais arquitetônica do momento. Ele gostaria que Sangallo estivesse a seu lado. Lamenta ter aceitado aquele desafio. Fica nervoso. O risco é enorme. Podem não só saber que ele está lá, como também ir até ele.

Não duvida nem um instante de que a mão de ferro do papa ou as mortais conspirações romanas possam atingi-lo onde bem entendam. Uma ponte gigantesca entre duas fortalezas. Uma ponte fortificada. Michelangelo sabe que, desenhando, as ideias chegam; traça incansavelmente formas, arcos, pilares. O espaço entre as muralhas e a margem é pequeno. Pensa na velha ponte medieval de Florença, rã encimada por ameias e repleta de matadouros com cheiro de cadáver, ponte estreita, atarracada, que não deixa enxergar a majestade do rio nem a grandeza da cidade. Lembra-se do sangue escorrendo das calhas ao Arno na hora da matança dos animais; sempre teve horror àquela ponte.

A magnitude da tarefa o assusta. Está obcecado pelo desenho de Da Vinci. É vertiginoso, contudo errôneo. Vazio. Sem vida. Sem ideal. Decididamente, Da Vinci se acredita um Arquimedes e esquece a beleza. A beleza está em abandonar o refúgio das formas antigas em favor da incerteza do presente. Michelangelo não é engenheiro. É escultor. Foi chamado para que alguma forma nascesse da matéria, se desenhasse, fosse revelada.

Por enquanto, a matéria da cidade lhe é tão obscura que ele não sabe com que ferramenta atacá-la.

Michelangelo introduziu um novo ritual em sua vida semiociosa, além do passeio diário com Mesihi. Pede que Manuel leia para ele. Todos os dias à tarde o dragomano vai lá e lhe traduz à primeira vista poemas, contos turcos ou persas, tratados gregos ou latinos, que escolheram juntos na bela biblioteca nova em folha que (privilégio de rei) Bayazid abriu para o artista.

Decididamente, aqueles otomanos são mestres da luz. A biblioteca de Bayazid, assim como sua mesquita, numa elevação de terreno, é banhada por um sol onipresente, mas discreto, cujos raios nunca incidem diretamente sobre os leitores. É preciso toda a atenção de um Michelangelo para descobrir, no inteligente jogo da posição e da orientação das aberturas, o segredo da harmonia miraculosa daquele espaço simples cuja majestade, em vez de esmagar o visitante, o põe no centro do dispositivo e o lisonjeia, exalta, tranquiliza.

A curiosidade de Michelangelo é ilimitada.

Tudo o interessa.

Escolhe manuscritos desconhecidos, narrativas das quais ignora tudo; pede que Manuel leia *O banquete* e diverte-se com os jogos de Sócrates, com suas sandálias para não sujar os pés, pois se embelezou para ir beber em casa de

Agaton; os tratados científicos o interessam principalmente pelas histórias que encerram.

Por exemplo, do *Tratado* de Vitrúvio, única obra de arquitetura antiga conhecida, Michelangelo guardará muito mais a anedota de Dinocrates do que as considerações sobre as proporções dos templos ou a organização urbana. *Dinocrates, confiando em sua experiência e habilidade, partiu um dia da Macedônia e foi para o exército de Alexandre, que era então senhor do mundo, por quem queria ser conhecido. Ao deixar sua terra, levava cartas de recomendação dos pais e dos amigos para as personalidades mais distintas da corte, a fim de ter acesso mais fácil ao rei. Tendo sido recebido por eles com benevolência, rogou-lhes que o apresentassem o mais cedo possível a Alexandre. A promessa foi feita; mas a execução fazia-se esperar: era preciso encontrar uma ocasião favorável. Achando que zombavam dele, Dinocrates só podia contar consigo. Era alto, tinha o rosto agradável. Nele a beleza se unia a uma grande dignidade. Essas dádivas da natureza o enchem de confiança. Ele deixa as roupas na hospedaria, esfrega óleo no corpo, coroa-se com um ramo de álamo e depois, cobrindo o ombro esquerdo com uma pele de leão e armando a mão direita com uma clava, dirige-se para o tribunal onde o rei proferia a justiça. A novidade daquele espetáculo chama a atenção da multidão. Alexandre avista Dinocrates e, espantado, ordena que o deixem aproximar-se e lhe pergunta quem é. "Sou o arquiteto Dinocrates", respondeu; "a Macedônia é minha pátria. Os desenhos e as plantas que apresento a Alexandre são dignos de sua grandeza. Dei ao monte Atos a forma de um homem que, na mão esquerda, segura os muros de uma cidade e, na direita, uma taça na qual vêm despejar-se as águas de todos os rios que saem da montanha, para de lá se espalharem pelo mar.*"

Deitado em seu catre, Michelangelo ouve com paixão a voz hesitante de Manuel. Esse Dinocrates é engenhoso. Desde a noite dos tempos é preciso humilhar-se diante dos césares.

Imagina-se diante de Júlio II, vestido de pele de animal e levando um porrete na mão; e não consegue deixar de rir.

V inte de maio: pimenta-do-reino, canela em pau, noz--moscada, cânfora, pimentões secos, pistilos de açafrão, erva-turca, agrimônia, cinamomo, cominho, cravo, eufórbia e mandrágora do Oriente, ao todo quatro boas onças por dois aspres apenas, seria possível fazer uma fortuna com esse comércio.

    Michelangelo passou o dia percorrendo a cidade e seus bazares em companhia de Mesihi, o poeta. O escultor está surpreso por se entender tão bem com um infiel. A amizade dos dois é tão forte quanto discreta.

    Mesihi levou Michelangelo longe, para o sul, além das muralhas de Bizâncio, a uma estranha feira livre, feira de seres vivos, homens e animais. Michelangelo observou com pavor os corpos esbeltos dos escravos negros vindos da Abissínia, as mulheres brancas raptadas no Cáucaso ou na Bulgária, as caravanas de infelizes atados uns aos outros à espera de uma sorte melhor na residência de algum rico istambuliota ou em algum canteiro de obras. Logo desviou o olhar diante da miséria de seus correligionários.

    Os animais eram ainda mais impressionantes.

    Lá estava toda a criação, ou quase. Bois, carneiros, cavalos dourados, alazões, ginetes árabes da cor da noite, dromedários de pelo curto, camelos com longa pelagem de lã e, num recanto, mamíferos dos mais raros, vindos da Índia distante através da Pérsia.

Mesihi divertia-se demais com o espanto do florentino. Dois elefantinhos batiam a tromba na mãe. Michelangelo quis se aproximar e acariciá-los.

– Dizem que dá sorte, Mesihi.

O poeta riu muito ao ver que o artista chegou a andar na lama para tocar com a ponta dos dedos a pele rugosa dos bichos enormes.

– Quer um?

O florentino imaginou por um instante a cara do sovina do Maringhi se descobrisse um elefante no seu quintal, lavando-se no seu tanque. Perspectiva muitíssimo engraçada.

– Eu não iria me perdoar se impingisse a esse animal magnífico aquela ração miserável que servem em casa do meu senhorio, Mesihi.

– Justíssimo, *maestro*. Olhe, encontrei o que lhe conviria mais.

Numa gaiola alta de metal, um minúsculo macaco amarelo, com a mão na boca, observava desconfiado o poeta. Ao ver Michelangelo, começou a executar uma pequena dança, dependurou-se pelo rabo às barras, antes de cair graciosamente ao chão e saudar como um artista depois de um número.

Michelangelo aplaudiu rindo.

– Parece até que sabe reconhecer um público favorável – disse Mesihi zombeteiro.

– Tem razão. Além do mais, essa barbicha lhe dá um ar bem sério. É um macaco nobre, digno de uma alta personalidade.

– Então eu o ofereço ao senhor. Vai fazer-lhe companhia enquanto trabalha.

Michelangelo não acreditou que a proposta fosse séria, portanto não protestou; quando se viu com a gaiola na mão, era tarde demais.

– É muita gentileza, não deveria ter feito isso. A companhia dele vai me lembrar da sua – acrescentou com um ar meloso.

Mesihi ficou sem jeito durante alguns segundos e soltou uma gargalhada sonora ao ver o sorriso pérfido nos lábios do artista.

Agora o animal dá alegremente cambalhotas pelo quarto, pula na cama, na mesa, agarra-se à porta aberta de sua casinhola, cata uma semente, vai atrapalhar Michelangelo em suas anotações.

Aquela energia o deixa encantado.

Ele fica olhando durante muito tempo o macaco tal como uma criança observa um móbile imprevisível, antes de voltar a mergulhar em seus inúmeros esboços de pontes.

À primeira vista, a arte de Mesihi é completamente diferente, arte da altura da letra, da espessura do traço que confere movimento, da organização das consoantes, dos espaços que se estendem ao sabor dos sons. Agarrado ao cálamo, o poeta calígrafo dá rosto às palavras, às frases, aos versos e aos versículos. Sabe-se que ele também desenhava miniaturas, mas nenhuma daquelas imagens parece ter sobrevivido, a menos que alguma delas durma ainda num manuscrito esquecido. Cenas de pândegas, rostos, jardins onde amantes deitados são sobrevoados por animais fantásticos, ilustrações de grandes poemas místicos ou romances corteses: pintor anônimo, Mesihi só assina seus versos, que são pouco numerosos; prefere os prazeres, o vinho, o ópio, o sexo, à austera tentação da posteridade. Frequentemente o encontram bêbado, encostado à parede da taverna, ao amanhecer; então o sacodem e o fazem suar muito tempo no banho de vapor, massageando-lhe as têmporas, para reintegrar seu corpo. Mesihi amou homens e mulheres, mulheres e homens, cantou louvores ao patrão e as delícias da primavera, ambos amenos e desesperadores ao mesmo tempo; tal como Michelangelo, não conheceu a paternidade, nem mesmo o casamento; ao contrário de Michelangelo, não encontrava nenhum consolo na fé, ainda que apreciasse a calma aquática do pátio das mesquitas e o canto fraterno do muezim no alto do minarete. Principalmente, gostava da cidade, dos antros ruidosos onde os janízaros bebiam, da atividade do porto, do sotaque dos estrangeiros.

E, acima de tudo, do desenho, da ferida negra da tinta, dessa carícia rangente sobre o grão do papel.

É tão suave a tua embriaguez que me embebeda. Respiras suavemente. Estás vivo. Gostaria de passar para o teu lado do mundo, enxergar em tuas cismas. Sonharás com um amor branco, frágil, acolá, tão longe? Com uma infância, um palácio perdido? Sei que não tenho lugar nisso. Que nenhum de nós terá lugar. Estás fechado como uma concha. No entanto, seria fácil te abrires, fenda minúscula por onde se engolfaria a vida. Adivinho teu destino. Ficarás na luz, serás celebrado, serás rico. Teu nome imenso como uma fortaleza nos esconderá com sua sombra. Ficará esquecido o que viste aqui. Esses instantes desaparecerão. Tu mesmo esquecerás minha voz, o corpo que desejaste, teus estremecimentos, tuas hesitações. Eu gostaria tanto que conservasses alguma coisa. Que levasses uma parte de mim. Que meu país distante se transmitisse. Não uma vaga lembrança, uma imagem, mas a energia de uma estrela, sua vibração na escuridão. Uma verdade. Sei que os homens são crianças que afugentam o desespero com a cólera, e o medo, no amor; ao vazio respondem construindo castelos e templos. Agarram-se a narrativas e as conduzem à sua frente como estandartes; cada um adota uma história para vincular-se à multidão que a compartilha. São conquistados por quem lhes fale de batalhas, reis, elefantes e seres maravilhosos; por quem lhes narre a felicidade que haverá para além da morte, a luz viva que presidiu seu nascimento, os anjos que giram ao seu redor, os demônios que os ameaçam, e o amor, o amor, essa promessa de esquecimento e saciedade. Fala-lhes de tudo isso, e eles te amarão; farão de ti o igual de um deus.

Mas tu saberás, porque estás aqui bem perto de mim, tu, o ocidental malcheiroso que o acaso trouxe até minhas mãos, saberás que tudo isso não passa de véu perfumado a esconder a eterna dor da noite.

Vinte e dois de maio: cipolino, ofito, sarrancolim, serpentina, canela, delfim, pórfiro, brocatelo, obsidiana, cinático. Quantos nomes, cores, materiais, ao passo que o mais belo, o único que vale a pena é branco, branco, branco, sem veios, ranhuras nem colorações.

Sente falta do mármore. Da suavidade na dureza. Da força delicada que é necessária para trabalhá-lo, do tempo de que se precisa para poli-lo.

Michelangelo fecha depressa a caderneta quando Manuel entra no quarto sem bater.

– *Maestro*, desculpe, mas estávamos preocupados.

Michelangelo deposita a pena.

– Por que, Manuel? O que o preocupa tanto assim?

Manuel de repente parece embaraçado. Decididamente, aquele florentino é misterioso.

– Mas, *maestro*, sua lamparina ardeu a noite inteira e o senhor está sem comer desde ontem de manhã.

O macaco, de seu poleiro, parece ouvir atentamente a conversa.

O escultor suspira.

– É verdade, você tem razão. Agora que diz isso, acho que estou com fome.

O jovem grego parece acalmar-se de repente.

– Posso pedir que tragam uma refeição aqui em cima, se quiser.

– É muito amável, Manuel.

Antes de sair, ainda no limiar, o dragomano hesita.

– Posso lhe fazer uma pergunta, mestre?

– Claro.

– O que o senhor fez a noite inteira à luz de vela? Trabalhou na ponte?

Michelangelo sorri da curiosidade ingênua do tradutor.

– Não, sinto decepcioná-lo, não. Eu me dediquei a uma tarefa muito mais difícil, meu amigo. Um verdadeiro desafio.

O artista sente que a resposta não satisfaz inteiramente o interlocutor, que continua imóvel, com a mão na porta.

– Desenhei um elefante – acrescenta.

Adivinhando que não ficará sabendo muito mais, Manuel, perplexo, sai do aposento e vai para a cozinha.

Anteontem macacos e elefantes, hoje ferro, prata, latão. No calor ofuscante da forja, Mesihi mostra a Michelangelo o trabalho dos artesãos do sultão. O máximo equilíbrio possível entre dureza e ductilidade, é isso o que confere resistência e gume a uma adaga ou a um sabre. É um privilégio raro que Mesihi obteve junto a Ali Paxá para o florentino. Os arsenais e suas técnicas são guardados com mais zelo ainda do que o harém. A alguma distância da cidade, para evitar riscos de incêndio, lá se forjam espadas, armaduras, canos de colubrina e arcabuzes. No coração daquele arsenal, uma pequena manufatura fabrica as mais belas lâminas, com lingotes de um aço inimitável, importado da Índia, onde já são visíveis os desenhos concêntricos do damasco.

Michelangelo está fascinado com a atividade dos ferreiros, com a força dos forjadores e dos manejadores de foles. O chefe da oficina com a qual Michelangelo e Mesihi estão tratando é um sírio que o sultão surrupiou aos mamelucos como presa de guerra; não parece incomodado pelo calor, nem parece estar suando, ao passo que o artista está em bicas por baixo do gibão.

Michelangelo puxou da camisa o desenho que fez pela manhã, depois da noite elefantesca; é um punhal ornado, com lâmina reta, simétrica em relação ao eixo do guarda-mão, numa proporção perfeita, da ordem de dois terços. O sírio arregala os olhos, comunica a Mesihi que é impossível fabricar semelhante coisa, arma pagã, em forma de cruz latina, que aquilo dá azar, irrita Deus; Mesihi de Pristina sorri e explica ao florentino que o esboço não convém. Michelangelo espanta-se. No entanto, é uma forma pura. Pouco desejoso de perder tempo com argúcias teológicas, o escultor pede uma hora, uma mesa, uma mina de chumbo e tinta vermelha para os motivos; é instalado num aposento à parte, bem ventilado, onde o calor é mais suportável.

Mesihi não tira os olhos dele.

Observa a mão do artista reproduzir seu desenho inicial, encontrar as proporções com um compasso; depois, curvar ligeiramente a lâmina para baixo, a partir do segundo terço, curvatura compensada com uma inclinação da parte alta do guarda-mão, o que dá ao conjunto um imperceptível movimento de serpente, ondulação que ele vai dissimular com um friso simples que tem ponto de apoio no ramo inferior. Duas curvas que se completam e anulam na violência da ponta.

A cruz latina desapareceu, dando lugar a uma obra-prima de inovação e beleza.

Um milagre.

Pediu uma hora e, em quarenta minutos, os dois traçados estão prontos, verso e reverso, tal como um medalhão para o detalhe do friso.

Contente consigo, Michelangelo sorri; pede um pouco de água, que Mesihi apressa-se em buscar antes de ir correndo mostrar aquela beleza ao sírio, que por sua vez também se maravilha.

Depois é preciso escolher o tipo de damasco; Michelangelo decide-se por um aço dos mais sólidos, bem escuro, cujos desenhos quase invisíveis não atrapalharão a decoração. Será uma arma de rei.

O rico Aldobrandini, portanto, deverá pagar um preço régio.

Felizes, os dois artistas voltam à embarcação e deixam Scutari em direção a Istambul.

Vogando assim sobre as águas calmas do Bósforo, Michelangelo lembra-se da travessia que separa Mestre de Veneza, aonde foi na juventude; não é surpreendente que haja tantos venezianos aqui, pensa. Esta cidade assemelha-se à Sereníssima, mas em proporções fabulosas, onde tudo seria multiplicado por cem. Uma Veneza invadida pelas sete colinas e pelo poderio de Roma.

Constantinopla, 23 de maio de 1506
A Buonarroto di Lodovico di Buonarrota Simoni in Firenze

    Buonarroto, pode anunciar a Aldobrandini que vou conseguir a adaga para ele, e que ela será esplêndida. Acredito que poderei expedi-la já no início do mês que vem. Talvez fosse mais seguro esperar meu retorno para que eu a levasse pessoalmente, mas ele precisaria ter um pouco mais de paciência. Não vejo progressos no meu trabalho aqui, portanto não posso fixar uma data.
    Leio em sua carta que você passa perfeitamente bem, e fico feliz com isso.
    Quanto à soma que me pede novamente, compreendo sua necessidade; fique sabendo que aqui o meu quarto ordinário custa uma fortuna, e que ainda não recebi nada do dinheiro prometido. Como lhe dizia antes, peço-lhe que recorra à conta de Santa Maria Maggiore caso Giovan Simone ainda insista.
    Peça a Deus que tudo corra da melhor forma possível.
    Nada mais.

                                              Michelagnolo

Em 27 de maio, Ali Paxá, o grão-vizir, manda Mesihi chamar Michelangelo para falar com ele. Quer informações sobre o progresso dos trabalhos. O poeta está um pouco nervoso quando transmite esse pedido ao florentino; sentiu impaciência na ordem do vizir, impaciência que decerto provém do próprio sultão.

Bayazid preocupa-se com sua ponte. O cerimonial é menos impressionante que o do primeiro encontro. Ali Paxá recebe o escultor após a reunião do divã; ele precisou esperar durante muito tempo, sentado à sombra de uma árvore, em companhia de Mesihi, funcionário que a custo escondia a perturbação e andava de um lado para o outro como o macaco na gaiola.

Falachi foi falar com Michelangelo e seu acompanhante para introduzi-los diante do substituto da sombra de Deus na terra. O genovês está menos acolhedor do que de costume, e Michelangelo começa a sentir a tensão que já agita seu companheiro.

Sentado num estrado, cercado de ministros e serviçais, Ali Paxá faz sinal a Mesihi para que se aproxime. Michelangelo fica respeitosamente atrás.

O diálogo é curto, o vizir pronuncia mal e mal duas frases às quais seu protegido responde com uma palavra.

Depois é a vez do florentino.

Dessa vez o vizir fala em turco. Falachi traduz.

– O sultão não vê a hora de conhecer seus estudos, mestre. E nós também.

– Será o mais breve possível, senhor. Em dez dias no máximo.

– Ficamos sabendo que você não utilizou os engenheiros e desenhistas de que dispõe e que não frequenta a oficina que lhe abrimos. Por quê? Não é de seu gosto?

– É sim, senhor, claro. Só que é muito cedo. Assim que eu tiver diferentes esboços, mandarei fazer as maquetes e executar as plantas.

– Está bem. Esperamos portanto os resultados. Volte à sua obra, e que Deus o proteja.

Michelangelo sente que essa frase significa a sua dispensa; inclina-se respeitosamente, e Falachi o toma pelo braço para levá-lo embora. Em pé, esperam alguns segundos para que Ali Paxá faça uma última recomendação a Mesihi, conselho que faz o pajem sorrir; se Michelangelo entendesse turco, teria compreendido que o vizir esperava que o seu protegido não tivesse convertido o arquiteto convidado do sultão a seus costumes devassos, e que o atraso nos trabalhos não se devesse à demasiada assiduidade com que frequentavam tavernas.

Ao sair da entrevista, depois de transpor a porta do divã para entrar no pátio, Michelangelo está de mau humor.

Quer dizer que sob todos os céus é preciso se humilhar diante dos poderosos.

Nada de mais dinheiro.

Nada de nova bolsa de aspres para as despesas. Nem um tostão daquilo que estava previsto no contrato.

Será possível que riqueza e luxo impliquem avareza? Naquele sabir que foram elaborando ao longo dos encontros, Michelangelo fala abertamente a Mesihi, que está um pouco vexado com a observação do artista. Não, Ali Paxá e Bayazid não são avarentos nem ingratos. Se o escultor mostrar um único desenho, será coberto de ouro. Poderia até mesmo ser recebido pelo sultão em pessoa, privilégio raríssimo para um estrangeiro.

Na praça onde se ergue a entrada monumental do novo palácio, há uma grande aglomeração e tambores; um arauto apregoa; uma tropa de janízaros afasta a multidão.

– É uma execução, *maestro*. Vamos seguir nosso caminho.

Mas Michelangelo quer ver. Ele, que aprendeu anatomia dissecando cadáveres que apodreciam nas morgues de Florença, que viu Savonarola morrer na fogueira, não se apavora com o sangue nem com a violência praticada contra o corpo. Aproxima-se, seguido com relutância por Mesihi.

– Não é um espetáculo para você, mestre. Vamos embora.

Michelangelo insiste. Planta-se no meio do público, nos primeiros lugares.

O condenado lívido é arrastado por suas cadeias; fazem-no ajoelhar-se com brandura. O homem deixa-se conduzir, parece que já está em outro lugar; curva por si mesmo a espinha, apresentando a nuca.

O carrasco aproxima-se, a lâmina do sabre brilha um instante ao sol. O silêncio absoluto da multidão permite ouvir o estalido breve das vértebras cervicais, o dilaceramento das carnes, o choque surdo da cabeça contra os ladrilhos e o borbulhar líquido do sangue a esguichar no chão.

Michelangelo fecha os olhos um segundo para recomendar a alma do miserável a Deus.

Os assistentes do carrasco recolhem os despojos com respeito e os embrulham em panos.

Mesihi desviou o olhar com expressão de repugnância.

Michelangelo espanta-se com a docilidade do condenado.

– Provavelmente lhe administraram ópio para aliviar os tormentos. Vamos embora agora.

O escultor, convencido de que não há mais nada para ver, acompanha o guia.

– Mesihi?

– Sim, *maestro*?

– Pare de me chamar de *maestro*, justamente. Meus amigos me chamam Michelagnolo.

O poeta, lisonjeado e emocionado, volta a caminhar depressa para que não o vejam enrubescer.

Num dos pendentes da capela Sistina, do lado oposto ao da bandeja sobre a qual Judite carrega majestosamente a cabeça de Holofernes, Davi prepara-se para decapitar Golias, seu braço azul de pigmento puro segura uma espessa cimitarra paralela ao chão, uma mancha de luz incide sobre seu ombro deformado pelo esforço.

    Evidentemente, Michelangelo não pensa agora naqueles afrescos que realizará três anos depois e que lhe valerão uma glória ainda mais imensa; por enquanto, só tem em mente uma ponte, uma ponte cujo desenho quer terminar o mais depressa possível para receber o pagamento e deixar aquela cidade perturbadora, ao mesmo tempo familiar e resolutamente outra, pela qual, porém, não se cansa de passear, armazenando imagens, rostos e cores.

    Michelangelo trabalha, ou seja, desenha pela manhã, assim que a luminosidade da aurora o permite; depois Manuel vem para lhe fazer a leitura, e ele cochila. Ao cair da tarde, anda com Mesihi, cuja companhia aprecia tanto quanto a beleza. Despedem-se antes da noite, quando o poeta invariavelmente vai à taverna para embebedar-se até a aurora.

    Michelangelo não era muito bonito, tinha a testa demasiadamente alta, o nariz torto, quebrado numa briga da juventude, sobrancelhas espessas demais, orelhas até de abano. Tem horror à sua própria face, dizem. Acrescenta-se muitas vezes que, se procurava a perfeição do traço, a beleza nos rostos, é porque ele mesmo era desprovido delas. Só a velhice e a celebridade, pátina sobre um objeto de início feiíssimo, lhe darão uma aura sem igual. Talvez nessa frustração é que se poderia encontrar a energia de sua arte; na violência da época, na humilhação dos artistas, na revolta contra a natureza; no atrativo pelo ganho, na sede inextinguível por dinheiro e glória, que é o mais poderoso dos motores.

Michelangelo procura o amor.

Michelangelo tem medo do amor assim como tem medo do inferno.

Desvia o olhar quando sente sobre ele o olhar de Mesihi.

Michelangelo urra. É a sétima vez que o torturam. Aplicam-lhe ferro incandescente nas pernas; a dor impede que sinta o cheiro da carne queimada. Com uma pinça, arrancam-lhe a extremidade de um mamilo, retalhos de carne das coxas, das costas; quebram-lhe o braço esquerdo com um martelo. Ele desmaia.

É reanimado com baldes de água gelada. Geme. Faz súplicas a Deus e aos torturadores.

Deseja morrer; não o deixam morrer; o inquisidor despeja ácido nas feridas, ele urra de novo, seu corpo não passa de uma imensa contração, um arco tensionado de sofrimento.

Já não consegue gemer, está cego, tudo é escuridão, dor, zumbido.

No dia seguinte é levado à fogueira, numa praça invadida pela multidão, uma multidão cheia de ódio, feliz por assistir ao suplício, gritando vivas ao carrasco.

É tomado pelo medo, medo pânico da dor e da morte quando aproximam a tocha e ele ouve o crepitar das chamas sob seu corpo, ele vai queimar, queima, o estrépito do fogaréu encobre seus urros desesperados.

Acorda, suando, a boca seca, antes que joguem suas cinzas no Arno.

Havia muito tempo que não sonhava com Savonarola. Faz mais ou menos dez anos, a morte do pregador o persegue de tempos em tempos, rosto dilatado pelo calor num imenso grito inaudível, olhos fervendo e explodindo, mãos estendidas com os ossos aparecendo sob a pele.

Michelangelo estremece; perscruta a noite e inspira desesperadamente, como que para engolir luz.

Em 30 de maio, não havendo progressos na obra e tendo ele desenhado já grande quantidade de esboços que nunca o deixam satisfeito, Michelangelo recebe da Itália uma carta que chega com as mercadorias de Maringhi. Surpreende-se porque ela não vem dos irmãos; não reconhece a bela caligrafia larga e autoritária que se espalha em duas folhas. Treme quando a lê. Empalidece. Bate com o pé no chão. Gira a carta em todos os sentidos, fica vermelho de raiva, com ira faz da missiva uma bola, depois a desamassa, relê, seu terrível grito colérico alerta Manuel, o dragomano, que chega em tempo de vê-lo rasgar a correspondência e mandar ao chão com um revirão do braço todos os objetos que estão na mesa, tinteiro, pena, carvões e papéis.

Manuel prefere fugir discretamente diante da fúria do artista.

O macaco escondeu-se debaixo da cama, apavorado.

Então é isso.

Uma boa alma comunicou a Roma a sua presença junto do grão-turco. O que devia acontecer aconteceu. Ameaçam informar o papa, predizem-lhe a ruína, a excomunhão, até a morte, se ele não tornar ao aprisco.

Aquela missiva, no entanto, não emana do santo padre. Não está assinada. Que ele saiba, a Porta está em paz com os

Estados da Itália no momento. O grande império é poderoso. Michelangelo foi contratado lealmente, como poderia ter sido contratado em Milão ou na França. Até mesmo Leonardo da Vinci trabalhou para o sultão. Trata-se de uma nova cabala. Ele imagina os invejosos procurando mais uma vez a sua perdição, a sua humilhação ao impedi-lo de realizar a grande obra que o espera em Constantinopla e que lhe valerá uma glória cada vez mais imensa, no mundo inteiro agora.

Não querem o seu sucesso. Querem que ele continue para sempre um pequeno escultor de corte, um lacaio.

Enxerga claramente que arquiteto invejoso poderia estar por trás daquele bilhete.

À noite, quando se encontra com Mesihi para o passeio, Michelangelo está um pouco mais calmo; a cólera cedeu lugar a uma triste melancolia, que o crepúsculo sobre o Bósforo e o longo lamento do muezim não aplacam, ao contrário. Mesihi foi informado por Manuel do episódio da tarde, mas não o menciona. Observa que o companheiro de repente parece cansado, que está ainda mais silencioso do que de costume.

Perambulam pela cidade; Michelangelo está ligeiramente arqueado, arrasta um pouco os pés; ele, cujo olhar habitualmente é vivo e curioso, tem os olhos fixos no chão diante de si.

Mesihi não o interroga.

Mesihi é discreto.

Limita-se a andar um pouco mais perto que de hábito do escultor, quase a tocá-lo, para que ele sinta a presença de um corpo amigo.

Vão em direção ao oeste, onde o sol desapareceu, deixando um rastro rosa acima das colinas; passam pela mesquita grandiosa que Bayazid acaba de terminar, cercada de escolas e de caravançarás; seguem um pouco a crista, depois voltam a descer antes de chegarem ao aqueduto construído por um César esquecido, que corta a cidade em duas com seus arcos de tijolo vermelho. Há ali uma pequena praça, diante de uma igreja antiga, dedicada a São Tomé; a vista é magnífica. Os fogos das torres de Pera estão acesos; o Corno de Ouro perde-se em meandros de bruma escura e, a leste, o Bósforo desenha uma barreira cinzenta, dominada pelas espáduas escuras de Santa Sofia, guardiã do fosso que os separa da Ásia.

Michelangelo pensa em Roma.

Observa aquela cidade estrangeira, Bizâncio perdida para a cristandade; sente-se sozinho, mais sozinho do que nunca, culpado, miserável. Repassa na memória os termos e as ameaças da carta misteriosa.

Mesihi pega suavemente seu braço.

– Está tudo bem, *maestro*?

Ser tratado com a deferência digna de um velho ou de uma senhora é coisa que o irrita, e ele rejeita com violência a mão do poeta.

Como pôde vir até aqui? Por que não se limitou a mandar um desenho, como aquele parvo do Leonardo da Vinci?

Se Michelangelo não tivesse virado a cabeça, Mesihi poderia ter visto lágrimas de cólera brilhar nos seus olhos.

Agora é preciso tomar uma decisão.

Não pode arriscar tudo o que construiu até ali, carreira, gênio, reputação por um sultão que nem mesmo se dignou a ir ao seu encontro.

Enfrentou Júlio II, o papa guerreiro; pode perfeitamente deixar um Bayazid na mão. Mas ainda não desenhou a ponte. Ainda não teve a ideia que lhe falta. Portanto, não pode reivindicar pagamento; partir agora seria perder não só a dignidade, mas também a fortuna que o sultão lhe propõe.

Aquele bilhete inesperado não o deixa em paz.

Mesihi é paciente; cala-se durante alguns minutos, para que Michelangelo se recomponha, depois lhe diz baixinho: Olhe ali, *maestro*.

Surpreendido, o escultor se volta.

– Olhe lá, embaixo.

Michelangelo lança um olhar para a paisagem corroída pela noite, distinguindo apenas as luzes das torres e alguns reflexos nos braços de mar.

– O senhor vai acrescentar beleza ao mundo – diz Mesihi. – Não há nada mais majestoso do que uma ponte. Nunca nenhum poema terá essa força, nem nenhuma história. Quando falarem de Constantinopla, mencionarão Santa Sofia, a mesquita de Bayazid e sua obra, *maestro*. Nada mais.

Lisonjeado e comovido, Michelangelo sorri observando os fanais a guiarem os barcos em sua dança sobre as águas negras.

Talvez por estar preocupado e angustiado, naquela noite Michelangelo concorda em acompanhar o homem de Pristina à taverna; talvez também em razão da confiança que deposita no poeta incréu de quem ele não conhece nenhum verso. Talvez simplesmente o espírito do lugar tenha vencido a sua austeridade. Portanto, ele segue os passos de um Mesihi desconcertado por sua decisão, contrária aos hábitos dos dois. Como o turco sentisse vergonha de carregar o artista para alguma espelunca de soldados de que tanto gosta, no bairro de Tahtakale, decide atravessar a cidade e ir a um dos numerosos botequins do outro lado do Corno de Ouro.

No porto encontram facilmente um barqueiro e, depois de uma breve travessia, enfiam-se pela porta de Santa Clara, bem na hora em que a fecham para a noite; os beberrões só poderão sair do bairro com o alvorecer.

Michelangelo já se arrepende de sua decisão súbita; teria sido melhor voltar ao quarto para dar prosseguimento aos desenhos, mas a estranha carta ameaçadora agiu como um vinho revigorante, depois da surpresa e da cólera. Ele não é do tipo que se deixa intimidar.

Não é a primeira vez que algum invejoso procura prejudicá-lo.

Pensando bem, o fato de saberem que ele está perto do grão-turco já não o preocupa de verdade.

Bayazid é o príncipe de uma grande potência da Europa, na atualidade em paz com as cidades da Itália, e que se dane quem reclamar.

É preciso saber ir até o fim.

Mesihi alegra-se por ver o companheiro voltar a sorrir; projeta sobre o florentino seus próprios desejos e atribui essa mudança de humor à perspectiva da bebida. Aquela noitada improvisada terá de ser perfeita. Precisam comer, para não beber de estômago vazio; por isso sentam-se à mesa de uma hospedaria, onde lhes servem algumas fatias de um bolinho de tripas condimentadas, que eles devoram com um caldo de massas. A população do subúrbio surpreende de novo Michelangelo; turcos, latinos, gregos e judeus, da porta de Santo Antônio à porta das Bombardas. Os judeus e os cristãos têm liberdade de morar onde bem entenderem, e a única restrição é que não devem residir nem construir lugar de culto nas proximidades de mesquitas. Pera não é um gueto. É uma extensão de Constantinopla.

Os dois homens passam pelo grande bastião da antiga fortaleza genovesa de Gálata, além da qual se estendem os cemitérios; Michelangelo surpreende-se com o fato de poderem perambular a pé na cidade durante a noite, sem perigo aparente. Pensa na sua ponte, naquele fio que unirá esses bairros do norte ao centro da capital. Que cidade fabulosa nascerá então. Uma das mais poderosas do mundo, sem dúvida alguma.

Veio por causa do dinheiro, para superar Leonardo da Vinci e vingar-se de Júlio II, e eis que a tarefa o transforma, assim como a *Pietà* e o *Davi* o metamorfosearam. Michelangelo é modelado por sua obra.

Voltam a descer ligeiramente para o sul. Mesihi decidiu onde levar o escultor, seu passo se torna mais acelerado. Lembra-se da emoção de Michelangelo, na semana anterior, diante da dança e da música. Em torno da antiga igreja italiana de São Domingos, transformada há cerca de quinze anos em mesquita, encontra-se o bairro andaluz, onde se instalaram aqueles que foram expulsos de Granada; o sultão expulsou os dominicanos de seu convento para oferecê-lo aos refugiados, como compensação pela brutalidade dos Reis Católicos.

A uma distância respeitosa do edifício religioso, oculta--se uma taverna sem nome, uma porta baixa numa velha casa genovesa, de onde ressuma o fervor da melancolia.

Assim que entram, Mesihi é reconhecido. Vários comensais se levantam para cumprimentá-lo; inclinam-se diante dele como diante de uma grande personalidade. O aposento, de paredes decoradas com cerâmicas multicoloridas até um bom metro do chão, está juncado de almofadas altas, semeado de lamparinas a óleo que esfumaçam a atmosfera. Adivinha-se em Michelangelo um estrangeiro, pelo gibão alto e pela sobreveste que usa; um estrangeiro ou um ocidental do bairro, ainda não conhecido. São instalados num canto confortável; trazem-lhes uma mesinha com tampo de cobre, timbales e um gomil. O florentino percebe que aquelas pessoas regulam bem a bebida; observa que os presentes alternam taças de vinho e de água aromática, que às vezes misturam; os escanções passam entre os grupos e despejam elegantemente o líquido espesso. A bebida é doce, com perfume de ervas; bebem os dois primeiros copos com rapidez, para atingirem um estado que depois farão perdurar, desacelerando o ritmo.

Depois da segunda taça, Michelangelo está perfeitamente relaxado. Observa os desenhos dos azulejos de faiança, os rostos na penumbra, os movimentos dos criados; presta atenção à melodia áspera do árabe de Andaluzia, que ouve pela primeira vez, misturar-se às inflexões cantantes do turco.

Ele, que não frequenta as tascas florentinas e muito menos as espeluncas romanas, sente-se estranhamente à vontade naquele ambiente não muito selvagem nem muito refinado, longe dos excessos de volúpia ou de pompa que em geral se atribui ao Oriente.

Mesihi tem expressão feliz também; mantém conversa animada com um dos vizinhos, jovem de rosto bonito, vestido à turca, com cafetã escuro e camisa clara, que chegou pouco depois deles; pelos olhares que lhe dirigem, Michelangelo entende que estão falando dele e, efetivamente, pouco depois Mesihi os apresenta.

O jovem se chama Arslan, morou muito tempo em Veneza e, para grande surpresa do artista, não só fala um italiano perfeito, com leve sotaque veneziano, como também viu pessoalmente, na praça da Senhoria, em Florença, o *Davi* que vale tanta glória ao escultor.

– É uma alegria ver reunidos dois artistas como vocês – diz Arslan.

Mesihi talvez esteja mais lisonjeado do que Michelangelo.

– Vamos beber em homenagem a este encontro, que não pode ser fortuito. Estou chegando da Itália, aonde fui acompanhando alguns mercadores, é minha primeira noite na cidade. Não vejo a capital há dois anos, e é um feliz presságio encontrá-los aqui.

Bebem, portanto.

Depois vêm a música e o canto; Michelangelo tem a imensa surpresa de ver aparecer a mesma cantora, o mesmo cantor da semana anterior; ela avança para o meio do círculo dos convivas, acompanhada por um alaúde e um tamborim com soalhas, e entoa um *muwashshah*, no qual se fala de jardins perdidos de Andaluzia, flores, chuva fina, que é a chuva do amor e da primavera. Michelangelo volta-se devagar para Mesihi e lhe sorri; adivinha que o amigo lhe fez aquela surpresa e o conduziu expressamente à taverna onde, naquela noite, se apresentava a cantora da moda.

Michelangelo está de novo fascinado por sua graça, pela alegria triste de sua melodia; ouve distraidamente as explicações de Arslan. Daquela vez, está convencido de que se trata de mulher, por causa de uma ligeira saliência no peito, que se nota durante a respiração.

Diverte-se com o jogo de adivinha, assim como é seduzido pela beleza, apesar da estranheza daquela música desconhecida.

Aliás, tem a impressão de que a artista lança-lhe olhares cúmplices, talvez porque o tenha reconhecido, único comensal vestido à ocidental.

Os presentes têm lágrimas de emoção; vivem na lembrança da terra desaparecida, com fronteiras de buxo e a suavidade da neve.

Como não tem nenhuma ideia do que pudesse ser o reino de Granada, nem de sua queda, nem da violência dos Reis Católicos, Michelangelo interpreta esse fervor como uma paixão descomedida.

Os cinco braceletes de prata ao redor do tornozelo fino, a roupa com reflexos alaranjados, as espáduas douradas e a pinta na base do pescoço serão reencontrados alguns anos depois num recanto da capela Sistina. Em pintura como em arquitetura, a obra de Michelangelo Buonarroti deverá muito a Istambul. Seu olhar é transformado pela cidade e pela alteridade; cenas, cores, formas impregnarão seu trabalho para o resto de sua vida. A cúpula de São Pedro é inspirada na de Santa Sofia e na mesquita de Bayazid; a biblioteca dos Medici, na do sultão, que ele frequenta com Manuel; as estátuas da capela dos Medici e mesmo o *Moisés* feito para Júlio II trazem a marca das atitudes e das personagens que ele encontrou aqui, em Constantinopla.

Ao contrário da semana anterior, quando a mistura de emoções e vinho em demasia o fez dormir como uma criança em presença de Ali Paxá, o álcool torna suas percepções mais poderosas e decuplica seus prazeres.

Ele gostaria de conhecer aquele cantor, aquela cantora.

Ele, que sempre adiou o desejo, que vê o amor como um canto divino afastado da carne, algo que passa à poesia como o movimento do braço ao mármore, para a eternidade, treme ao se aproximar daquela forma móvel, perfeita, outra, indefinida.

Mesihi e Arslan notam sua perturbação; um está um pouco enciumado, o outro acha graça. As cantoras e os escanções estão lá para encantar e seduzir.

Arslan diz algumas palavras a Mesihi em voz baixa; o poeta parece hesitar por um instante, pesaroso, mas tem jeito de acatar as ideias do jovem, embora mal o conheça.

Arslan lhes propõe esticar a noitada em sua casa, a dois passos de lá, e convidar a bela andaluza (se é que de fato é mulher, e se é andaluza) a cantar e dançar só para eles, em homenagem ao grande artista florentino.

Quando lhe expõem a ideia, Michelangelo fica encantado. Bebem, pois, uma última taça enquanto esperam o fim daquele número de canto; a taverna está lotada, barulhenta, odorante; o escultor deixa-se levar pelo doce desregramento de todos os sentidos. Nunca esteve tão longe de Florença e de seus irmãos, tão longe de Roma, do papa, das conspirações de Rafael e Bramante, tão longe de sua arte.

Arslan tomou discretamente providências para organizar a continuação da noitada, mandando avisar seus criados para que os aguardassem com uma ceia pronta; depois, também discretamente, encarregou-se de contratar a cantora por intermédio do taverneiro e de acertar as contas do que haviam consumido, cinco *akçe* em moeda sonante e cantante.

Mesihi está desconfiado; uma sombra de ciúme, claro; mas a prodigalidade incomum daquele desconhecido é suspeita.

A amabilidade de Arslan para com o escultor chega às raias da obsequiosidade.

Mesihi sofreu ao entregar o objeto de seu amor a outros braços, ao abandoná-lo a outros olhares; o poeta sutil e original, mestre da renovação da poesia otomana, cujos versos inspirarão centenas de imitadores, sacrifica sua paixão com uma generosidade triste. Ele, que possuiu corpos e corações das beldades mais elegantes da cidade, que os descreveu num catálogo versificado que não ficou nada a dever ao de Don Juan, cheio de ternura e humor, postergou sua felicidade à felicidade do artista.

Michelangelo cheira tão mal quanto um bárbaro ou um escravo do Norte recém-capturado, seu rosto é sem graça, nada em comum com os efebos de Chiraz que usam pintas indianas, sua voz é cheia de cólera e sem refinamento, suas mãos são duras, maltratadas pelo cinzel e pelo martelo de sua arte, mas, apesar de tudo, apesar de tudo, sua força, sua inteligência, sua perseverança bruta, a voz aguda que se adivinha em sua alma apaixonada atraem Mesihi irremediavelmente, coisa que o escultor não parece perceber.

Embaixo, num grande aposento miseramente iluminado por candelabros de ferro, com uma taça na mão, trocando de vez em quando algumas palavras sem interesse com Arslan, que se diverte, o poeta não ousa imaginar o que ocorre no andar de cima, onde Michelangelo quis ir descansar e, a um sinal do anfitrião, recebeu logo a companhia da cantora andaluza.

A noite está bem avançada, mas ainda lhe restam duas ou três horas para morrer; traços escuros já circundam os olhos de Mesihi. Ele não pode deixar de zangar-se com aquele Arslan, que apareceu como um djim de conto de fadas para lhe subtrair com maquinações a companhia daquele ocidental mal desbastado que ele deseja com tanta intensidade.

Começa a recitar versos.

Um poema persa.

Só paro de desejar na hora em que meu desejo
É satisfeito, e mi'a boca atinge
Os lábios rubros do meu amor,
Quando minh'alma expira no dulçor do seu alento.

Arslan sorri, reconheceu o inimitável Hâfiz de Chirâz, o que lhe é confirmado pela última copla:

E tu sempre invocarás o nome de Hâfiz
Ao lado dos tristes e dos corações partidos.

Escuridão quase completa. Só uma vela ali fora projeta um pouco de luz pela porta entreaberta.

Michelangelo adivinha, mais do que vê, os contornos daquele corpo esbelto, fino e musculoso, que deixa a roupa deslizar até o chão.

Ouve o tilintar dos braceletes quando essa forma escura se aproxima dele, precedida por um perfume de almíscar e rosa, de suor tépido.

O escultor se vira, se encolhe à beira do leito.

Ela cantou para ele, aquela sombra, ei-la a seu lado, e ele não sabe o que fazer; tem vergonha e muito medo; ela se deita bem ao seu lado, tocando-o; ele sente seu alento e arrepia-se, como se o vento da noite, vindo do mar, o gelasse de repente.

Uma mão pousa em seu bíceps, ele para de tremer, aquela carícia é abrasadora.

Não sabe qual das duas pulsações sente bater mais forte através daqueles dedos.

A vaga tépida de uma cabeleira lhe percorre a nuca.

Com os olhos fechados, imagina o jovem ou a jovem atrás de si, cotovelo dobrado, rosto acima do seu.

Continua imóvel, rígido como um perdigueiro.

Finalmente, vou te contar uma história. Não tens para onde ir. Só há noite em torno de ti, estás fechado numa fortaleza distante, prisioneiro de minhas carícias; não queres saber de meu corpo, que seja, mas não podes escapar de minha voz. É a história antiquíssima de uma terra hoje desaparecida. De uma terra esquecida, de um sultão poeta e de um vizir apaixonado.

Era guerra, não só entre os muçulmanos, mas também contra os cristãos. Eram poderosos. O príncipe perdeu batalhas, precisou sair de Córdoba, abandonar Toledo; seus inimigos estavam por toda parte. Seu vizir fora seu preceptor, era agora seu confidente e amante. Durante muito tempo, improvisaram juntos poemas nos jardins, junto às fontes, e embriagaram-se de beleza. O vizir salvou a cidade, uma vez, propondo aos reis dos ocidentais que a apostassem no jogo de xadrez; se ele ganhasse, receberia as chaves; se perdesse, o assédio seria levantado. Usaram belos peões de jade, vindos do outro lado do mundo. O vizir acabou vencendo, e o rei cristão voltou para o norte, levando o tabuleiro como único butim.

Um dia, quando o príncipe e o vizir se distraíam à beira do mar, uma jovem criada os encantou com a capacidade de dar respostas rápidas, a imensa beleza, a sutileza de sua cultura e de sua poesia. O sultão apaixonou-se loucamente por ela e levou-a para seu palácio. Da ex-escrava fez rainha.

Era tão bela e refinada que o príncipe se afastou completamente de seu ministro e passou a consultá-lo apenas para os assuntos de Estado. O vizir sofria; chorava a perda das atenções do sultão e, ao mesmo tempo, ardia de um amor secreto pela inacessível esposa de seu rei.

Afastou-se por si mesmo, nomeando-se governador de uma fortaleza distante.

A tristeza dos prazeres perdidos, a lembrança do tempo dos poemas e dos cantos uniam-se em seu coração ao terrível desejo de possuir a bela sultana, por vingança, por amor.

Desesperado, decidiu aliar-se aos cristãos para apoderar-se da capital e tornar sua a sublime escrava.

Traiu sem remorsos.

Pôs seus exércitos a serviço dos ocidentais.

Juntos, sitiaram a cidade.

O sultão, enfraquecido com a defecção do amigo, trancou-se no quarto sem se resolver a combater. Compôs um poema que caligrafou pessoalmente e mandou um mensageiro entregar ao vizir rebelde.

A sombra do prazer está sempre sobre mim:
Essa nuvem de ausência chora o vinho que inebria
P'ra mim tuas armas têm os doces golpes do amor
Eu te dou este reino, e que tu não o percas.

Chorando de emoção com essa declaração, o vizir decidiu trair uma segunda vez; voltou de surpresa o seu exército contra os cristãos e, após rude batalha, entrou como vencedor na cidade.

Depôs as armas diante do príncipe em sinal de submissão.

O sultão o convidou a ir ter com ele naquela mesma noite.

Tomou-o nos braços com ternura, depois, sem hesitação, puxou a espada e rasgou-o do ombro até o meio do peito.

O vizir expirou no chão; não ouviu as palavras do amigo:

Não soubeste elevar-te à altura do amor
E pegar o que pudesses, como o açor.
A presa era só tua e a deixaste escapar,
Todo amante é cruel, se o amado fraquejar.
Esta batalha que ganho eu mesmo estou perdendo.
Será para mim deserto o solo que defendo.
Pelas almas de quem um dia assassinei
Eternamente guardado serei.

Ouviste esta história? Ela é verídica, toma cuidado. Tu te negas às minhas carícias. Eu também poderia ter uma espada. Abrir-te ao meio, pelo teu desprezo. Estou aqui e me rejeitas. Dormes, quem sabe. Respiras suavemente. A noite é longa. Não me compreendes, talvez. Tu te deixas embalar pelas inflexões de minha voz. Tens a impressão de estar em outro lugar. Não estás longe, porém. Não muito longe de tua casa. Estás aí onde me encontro, sabes disso. Virás; talvez um dia te rendas à evidência do amor, como o vizir. Darás livre curso à tua paixão. Decide-te, como a ave de rapina. Decide-te a me acompanhar no lado das histórias mortas.

Michelangelo não falará daquela noite passada na calma do quarto, do lado de lá das águas doces do Corno de Ouro, nem a Mesihi, nem a Arslan, ainda menos a seus irmãos ou, mais tarde, aos poucos amores de que se sabe dele; guarda essa lembrança em algum lugar de sua pintura e no segredo de sua poesia: seus sonetos são o único vestígio incerto daquilo que desapareceu para sempre.

Quanto a Mesihi, expressará mais claramente sua dor; comporá dois *ghazal* sobre a brasa do ciúme, doce brasa, pois fortalece o amor consumindo-o.

Passou a noite bebendo, sozinho quando o anfitrião se retirou também, vencido pelo cansaço; viu a beldade andaluza deixar discretamente a casa, com a aurora, envolta num longo manto; esperou pacientemente Michelangelo, que evitou seu olhar; arrastou o escultor esgotado até os banhos de vapor, convenceu sua alma dilacerada a entregar-se às suas mãos; banhou-o, massageou-o, esfregou-o fraternalmente; deixou-o adormecer sobre um banco de mármore morno, envolto num lençol branco, e o velou como a um cadáver.

Quando Michelangelo sai do torpor e se sacode, Mesihi ainda está ao lado dele.

O escultor está cheio de uma energia deslumbrante, apesar do álcool ingerido na véspera e da falta de sono, como se, livrando-se do cascão e da sujeira, tivesse se desembaraçado do peso dos remorsos e dos abusos; agradece ao poeta o seu cuidado e pede-lhe que tenha a gentileza de acompanhá-lo até seu quarto, pois deseja voltar ao trabalho.

Ao atravessar de volta o Corno de Ouro, Michelangelo tem a visão de sua ponte, a flutuar no sol da manhã, tão verdadeira que fica com lágrimas nos olhos. O edifício será colossal sem ser imponente, será fino e poderoso. Como se a noite lhe tivesse descerrado as pálpebras e transmitido sua certeza, o desenho lhe aparece finalmente.

Volta quase correndo para pôr essa ideia no papel, traços de pena, sombras no branco, retoques de vermelho.

Uma ponte surge da noite, plasmada da matéria da cidade.

Buonarroto,
 Recebi sua carta e entendo. Desculpe por não escrever mais, mas saiba que estou sobrecarregado de trabalho. Vou labutar noite e dia para terminar rapidamente meu serviço e voltar o mais depressa possível.

 Estou pensando em Giovan Simone e no dinheiro, vou logo chegar a algum acordo, se Deus me der vida.

 Você já pode ir falar com Aldobrandini e exigir dele um adiantamento por conta da adaga. Ele não ficará decepcionado. Nunca ninguém viu uma tão bonita, juro.

Reze por mim,
Michelagnolo

Quatro arcadas curtas flanqueiam um arco central com uma curvatura tão suave que é quase imperceptível; assentam sobre pilares robustos cujos ressaltos triangulares fendem as águas como bastiões. Apoiada numa fortaleza invisível que mal ultrapassa a superfície das águas, uma ponte majestosa interliga as duas margens mansamente, aceitando suas diferenças. Duas mãos majestosamente pousadas sobre as águas, dois dedos delgados a tocar-se.

O vizir Ali Paxá está estupefato.

Bayazid vai ficar radiante.

Michelangelo entregou seus estudos e desenhos aos maquetistas e engenheiros; supervisionou a realização dos modelos reduzidos e dos grandes painéis para a apresentação ao sultão. Honra insigne, o escultor é convidado a exibir pessoalmente sua obra ao soberano. Ainda falta resolver a questão do botaréu e das vias públicas, coisas que dizem respeito ao *shehremini* e ao *mohendesbashi*.

O florentino cumpriu sua parte no contrato: projetou uma ponte sobre o Corno de Ouro que é audaciosa e política; nada da proeza técnica de Da Vinci, nada das curvas regulares do antigo viaduto de Constantino, muito além dos clássicos. Toda a sua energia está lá. Essa obra se assemelha ao *Davi*;

nela se lê força, calma e possibilidade de tempestade. Solene e grácil ao mesmo tempo.

Na véspera da apresentação ao sultão, Mesihi e Michelangelo foram ao arsenal de Scutari para pegar a adaga encomendada pelo rico florentino Aldobrandini; cortante e polido, num estojo guarnecido de flanela vermelha, o negro damasco é extraordinariamente belo. Acariciando a lâmina com o dedo, o escultor sente que terá dificuldade em desfazer--se dela quando chegar a hora.

Absorto pelo trabalho, Michelangelo não voltou a pensar na noite passada em casa do obsequioso Arslan; Mesihi não a mencionou também, por outras razões. Sente a paixão pelo artista devorar-lhe o coração; durante seus passeios diários, ao cair da tarde, quando o frescor sobe do Bósforo e invade a cidade, aproveita a caminhada para em alguns momentos tomar o braço do amigo; depois que o deixa em casa de Maringhi, invariavelmente vai à taverna, onde esquece a tristeza no vinho até o amanhecer. Suas relações com o vizir, seu patrão, estão tensas; recriminam-lhe as ausências; com muita frequência, quando Ali Paxá manda chamá-lo para redigir uma carta ou caligrafar um firmão, ele não é encontrado, e então é preciso percorrer todas as espeluncas de Tahtakale para achá-lo.

Mesihi sente que o florentino não o vê com os mesmos olhos com que ele o vê; às vezes é duro, frio mesmo, de uma dureza e de uma frieza que aguçam ainda mais a paixão do poeta, e ele daria tudo para passar uma noite com o artista, como a beldade andaluza. Mas respeita a distância que há entre os dois. Respeita também a sobriedade de Michelangelo e sua pertinácia no trabalho, cujos maravilhosos resultados acaba de descobrir, ao mesmo tempo que o vizir.

Amanhã, as maquetes e os desenhos serão levados ao sultão. Para evitar qualquer desapontamento em público, Ali Paxá já mostrou, em segredo, um desenho ao soberano e certificou-se de sua concordância. A cerimônia do dia seguinte será uma confirmação.

Michelangelo tem pressa de receber o pagamento e voltar a Florença.

A maestro Giuliano da Sangallo, architetto del papa in Roma

Giuliano, como penhor de minha amizade, anexo a esta os cortes e os alçados da basílica Santa Sofia de Constantinopla, que recebi de um mercador florentino chamado Maringhi; são extraordinários. Espero que tire proveito deles.

Peço-lhe também, prezado Giuliano, que faça chegar até mim a resposta de Sua Santidade quanto ao túmulo.

Nada mais.

6 de junho de 1506,
Michelagnolo, escultor em Florença.

M ichelangelo está deslumbrado com a opulência e o esplendor da corte. A multidão de escravos, ministros, a elite dos janízaros, o aspecto nobre e tranquilo do sultão com turbante branco coroado por um penacho de ouro e diamantes o fascinam. Os arquitetos de Bayazid realizaram a maquete em apenas três dias, e ela agora está entronizada num rico mostrador, o que irrita o artista; tem seis côvados de comprimento por um e meio de altura. Ele desejaria que ela fosse mostrada simplesmente sobre uma mesa, mas quer a etiqueta que ao soberano só sejam apresentados objetos nobres.

Bayazid não esconde a alegria.

Exibe um amplo sorriso.

Felicita o escultor pessoalmente, diretamente, e chega até – coisa raríssima – a agradecê-lo em língua franca.

Os embaixadores de Veneza ou do rei da França não são tão bem recebidos assim.

Bayazid dá solenemente ao *mohendesbashi* ordem de começar as obras o mais cedo possível.

Depois a sombra de Deus na terra manda o florentino aproximar-se e entrega-lhe um pergaminho enrolado, revestido de seu *toghra*, seu selo caligrafado; Michelangelo inclina-se respeitosamente.

Em seguida dão-lhe a entender que está dispensado.

A entrevista durou alguns minutos apenas, mas o artista teve tempo de olhar atentamente para o sultão, observar a constituição robusta, o nariz aquilino, os grandes olhos escuros, as sobrancelhas pretas, as marcas da idade em torno da maçã do rosto; se ele não detestasse tanto os retratos, Michelangelo começaria a desenhar imediatamente, antes de esquecer os traços do grande senhor.

Michelangelo está furioso, rubro de cólera, quebra dois frascos de tinta e um espelhinho, manda sem contemplação o macaco passear do outro lado do quarto e depois chama Manuel, o dragomano, que, após lhe ter lido o rolo oferecido pelo sultão, achou mais prudente desaparecer.

– Encontre Mesihi – grita.

Manuel cumpre a ordem imediatamente e volta uma hora depois em companhia do poeta secretário.

– O que é isso? – pergunta o artista designando o papel, sem outro preâmbulo, sem nem mesmo cumprimentar aquele que gostaria tanto de ser seu amigo.

– É um presente do sultão, *maestro*. Um título de propriedade. Uma imensa honra. Os estrangeiros são excluídos desses benefícios. Menos você, Michelagnolo.

Mesihi está ao mesmo tempo triste e zangado com a ira de Michelangelo. Como ele não entende que aquele pergaminho representa uma homenagem excepcional?

– Você está me dizendo que sou proprietário de uma aldeia num território perdido do qual não sei nada, é isso?

– Na Bósnia, exatamente. Uma aldeia, as terras que estão vinculadas a ela e todos os seus rendimentos.

– Então é esse o meu pagamento?

— Não, *maestro*, é um presente. Seu pagamento só será feito quando as obras estiverem avançadas.

Mesihi fica triste por ter de decepcionar assim o objeto de sua paixão; se pudesse, cobriria Michelangelo de ouro naquele mesmo instante.

O florentino senta-se e põe a cabeça entre as mãos com tristeza.

Turcos ou romanos, os poderosos nos rebaixam.

Meu Deus, tende piedade.

Michelangelo compreende que Bayazid o mantém em seu poder enquanto lhe convém.

Olha para Mesihi com ódio, com tanto ódio que o poeta, se não fosse pelo menos tão orgulhoso quanto o escultor, desataria a chorar.

É a segunda noite. O fogo projeta seus clarões alaranjados até tuas costas. Não estás embriagado.
    És uma criança, inconstante e apaixonada. Tu me tens junto a ti, e não aproveitas. Em que pensas? Em quem? Não precisas de meu amor. Sei quem és.
    Já me disseram.
    És um escravo dos príncipes, tal como eu dos taverneiros e proxenetas.
    Talvez tenhas razão. Talvez o melhor da infância seja essa raiva obstinada que nos faz quebrar o castelo de madeira quando não está perfeito, conforme nossos desejos. Talvez teu gênio te deixe cego. Nada sou a teu lado, isso é certo. Tu me fazes tremer. Sinto essa força negra que vai quebrar tudo ao passar, destruir todas as tuas certezas.
    Não vieste até aqui para me conhecer, vieste para construir uma ponte, por dinheiro, por sabe Deus que outra razão, e partirás de volta idêntico, inalterado, rumo a teu destino. Se não me tocares continuarás o mesmo. Não terás conhecido ninguém. Fechado no teu mundo, só vês sombras, formas incompletas, territórios por conquistar. Cada dia te empurra para o seguinte, sem que saibas habitá-lo realmente.
    Não procuro o amor. Procuro o consolo. O reconforto por todos esses países que perdemos desde o ventre de nossa

mãe e que substituímos por histórias, como crianças ávidas, olhos arregalados diante do contador.

A verdade é que não há nada senão sofrimento, e que tentamos esquecer, em braços estranhos, que em breve desapareceremos.

Tua ponte ficará; talvez, ao longo do tempo, venha a assumir um sentido bem diferente daquele que tem hoje, assim como se verá em meu país desaparecido outra coisa bem diferente daquilo que ele era na realidade, nossos sucessores nele engancharão suas narrativas, seus mundos, seus desejos. Nada nos pertence. Há de se encontrar beleza em terríveis batalhas, coragem na covardia dos homens, tudo entrará para a lenda.

Tu te calas, sei que não me compreendes. Deixa-me beijar-te.

Escapas como uma cobra.

Já estás longe, longe demais para que eu possa te alcançar.

No dia seguinte, quando Mesihi chega para o passeio diário, Michelangelo está de excelente humor. Não sabe como pedir desculpas pelos arroubos da véspera. Recebe delicadamente o poeta, enche-o de cumprimentos, convida-o até a entrar em seu quarto.

– Preciso mostrar-lhe uma coisa – diz.

Surpreso, Mesihi o acompanha.

Dentro dos aposentos do artista, eles se mantêm em silêncio. Constrangido, Mesihi não sabe onde se sentar; fica em pé.

O macaco parece respeitar o silêncio dos dois e também continua imóvel e silencioso em sua gaiola.

Michelangelo está envergonhado; observa Mesihi, sua compleição elegante, seus traços finos, seus cabelos escuros e oleosos.

De repente estende-lhe um papel.

– É para o senhor – diz.

Aquele súbito tratamento respeitoso soa bem aos ouvidos do poeta.

– O que é?

– Um desenho. Uma lembrança. Um elefante. Dizem que dá sorte. Vai lhe servir como um macaco – acrescenta rindo.

Mesihi sorri.

– Obrigado, Michelagnolo. É magnífico.

– Isso também é para o senhor. Presente meu.

Michelangelo oferece-lhe o rolo que lhe foi dado pelo sultão.

– Não posso aceitar, é um presente de Bayazid, *maestro*. Isso representa muito dinheiro.

Michelangelo insiste, protesta, dizendo que aquilo não lhe serve e que, com muita certeza, é possível mandar escrever o nome de Mesihi no lugar do seu, naquele título de propriedade.

Mesihi continua recusando energicamente, sorrindo.

– Fico com o elefante, *maestro*. É suficiente.

Michelangelo finge que se rende aos argumentos de Mesihi e, alguns segundos depois, quando estão se preparando para sair do quarto, diz baixinho:

– O senhor sabe, este papel lhe pertence tanto quanto a mim. Sem o senhor, eu nunca teria chegado a nada.

E enfia à força o firmão em sua mão. Mesihi sente o coração estufar no peito.

Para enganar o tédio, Michelangelo desenha ducinas, cavetos e escócias em folhas já repletas de coxas, pés, tornozelos e mãos.
Espera.
Anota listas intermináveis na caderneta.
Trabalha um pouco no túmulo de Giulio Della Rovere, papa intransigente que dez anos antes, ainda cardeal, conduziu as tropas vaticanas contra os janízaros de Bayazid no Sul da Itália. Um por vez, ficou conhecendo os dois inimigos e a um ofereceu um mausoléu, ao outro, uma ponte.
Todos os dias Manuel vem ler para ele.
Michelangelo gosta das histórias.
Não aprecia nada tanto quanto as narrativas de batalhas, as maquinações dos deuses maravilhosos do alto do Olimpo, os combates entre anjos e demônios. Ouve imagens; vê um herói curvado pelo peso da espada a decapitar a Górgona, uma gota de sangue surgir do ferimento de um jovem cervo, os elefantes de Aníbal dobrando os joelhos na neve.
Escreve alguns madrigais.
A lembrança da beldade andaluza, de seus murmúrios na noite, do contato de suas mãos vem visitá-lo com frequência.

Várias vezes hesitou em retornar à taverna ou em pedir a Mesihi que o acompanhasse; mas adivinha confusamente os sentimentos do turco em relação a ele e não deseja feri-lo. Gosta daquela amizade estranha; apesar do que poderiam levar a crer suas súbitas mudanças de humor e seus arroubos, sente alguma coisa por Mesihi e, no mais secreto da alma, lá onde os desejos fervem, decerto se encontra o retrato do poeta, bem escondido.

Michelangelo é obscuro para si mesmo.

Sente-se alegre ao receber a visita de Arslan, certa manhã, quando lhe anunciam que está terminada a abertura das muralhas, preliminar à construção. Arslan ficou sabendo do início das obras da ponte, sabe que o sultão está orgulhoso de seu arquiteto, portanto vem felicitá-lo e apresentar-lhe seus respeitos. O homem é afável. Sua conversa é agradável. Toda a capital só fala da nova obra, diz ele. O senhor vai ser o herói da cidade, como em Florença.

Michelangelo, um pouco constrangido, não sabe como abordar o assunto que lhe interessa.

Sentam-se no pátio, à sombra da figueira.

Falam de Florença, política, Roma, em companhia de Maringhi, o mercador, que, aliás, conhece Arslan; essa coincidência parece um excelente presságio ao artista. Anseia por encontrar um meio de rever o objeto de sua paixão.

É Maringhi quem o encontra para ele.

– Logo é o dia de São João, patrono de Florença – diz o negociante. – Vou dar uma festa, conto com sua presença.

– Conheço excelentes músicos – acrescenta Arslan, voltando-se para o escultor.

Michelangelo não pode deixar de enrubescer.

O canteiro de obras da nova ponte sobre o Corno de Ouro é inaugurado oficialmente em 20 de junho de 1506, com o fechamento de uma parte do porto e a construção de uma plataforma para o transporte dos milhares de pedras necessários ao edifício. Antes foi preciso dispor um grande espaço ao pé das muralhas e aumentar a porta della Farina. Michelangelo continua esperando o dinheiro prometido; até agora só lhe chegou uma nova bolsa com cem moedas de prata para as despesas, o que foi logo absorvido pelo preço exorbitante que Maringhi lhe cobra pela pensão e pela provisão.

Sua pressa de voltar à Itália é maior porque os irmãos o pressionam constantemente e ele sabe, desde aquela misteriosa missiva chegada de Roma, que alguns procuram arruiná-lo, fazê-lo passar por renegado, talvez, ou pior. Está acostumado às cabalas. Os corredores do palácio pontifical fervilham de intrigantes e assassinos; seus inimigos, Rafael e Bramante, em especial, são poderosos.

Prometem-lhe que ele poderá partir logo.

Michelangelo teme que Bayazid e Ali Paxá estejam contentes demais com ele para deixá-lo ir embora tão depressa.

Constantinopla é uma agradabilíssima prisão.

A cidade balança entre o leste e o oeste como ele entre Bayazid e o papa, entre a ternura de Mesihi e a lembrança ardente de uma cantora deslumbrante.

Arslan voltou uma vez para visitar o escultor. Encontrou-o no quarto, ocupado em anotar a lista de suas últimas despesas.

Arslan espanta-se com a presença do macaco saltitando livremente fora da gaiola aberta, pulando aos gritos da mesa ao ombro do artista, deste à cama e até o colo do visitante.

O turco o afasta com o pé, sem contemplação.

– Onde arranjou esse bicho?

– É um presente de Mesihi. Vem da Índia – acrescenta orgulhosamente Michelangelo a sorrir.

Arslan dá de ombros.

– É horrível, grita e fede. Cuidado, ele pode morder.

Michelangelo gargalha.

– Não, não, até agora só mordeu Maringhi, que merece. Eu lhe dei o nome de Júlio, em honra ao seu mau caráter. Comigo ele come na mão, veja.

Pega uma noz num saquinho e a oferece ao macaco; este se aproxima e toma delicadamente o fruto seco com os dedos minúsculos, demonstrando grande respeito e verdadeira nobreza.

Michelangelo não pode deixar de rir novamente.

– Não é distinto?

Arslan faz uma careta de repugnância.

— Há algo de diabólico na atitude dele, quase humana, *maestro*.

— Acha? Eu acho engraçado.

Arslan prefere mudar de assunto.

— Tem notícias da sua ponte?

— Sim. Os engenheiros estão lutando para resolver problemas de vão e altura dos pilares. As obras de adequação já começaram nas duas margens; logo vou desenhar os detalhes das arcadas e dos pilares e traçar os planos de execução em escala.

— Isso ainda não foi feito?

— Não, estou esperando o parecer dos engenheiros.

— Então o senhor vai ficar ainda muito tempo entre nós.

Michelangelo suspira.

— É possível.

— Isso não parece alegrá-lo.

— Confesso que estou com saudade da Itália. Meus irmãos reclamam a minha ida, além de tudo.

— Se eu puder ajudar no que for possível, não hesite em pedir. O que poderia tornar a sua permanência mais agradável?

O escultor não pode deixar de pensar na cantora andaluza, em sua voz e em suas mãos na noite.

— Nada que o senhor já não tenha feito, agradeço. E Mesihi sempre cuida das mínimas coisas.

— Ah, esse Mesihi.

Havia uma espécie de censura na voz de Arslan.

— É um companheiro amável e um guia agradável.

— Um homem que se perde no vinho e no ópio está perdendo-se a si mesmo.

– Sem dúvida. No entanto, é um grande poeta.

Arslan demonstra hesitar.

– Já ouviu sua poesia, *maestro*?

– Conheço alguns trechos que tiveram a bondade de traduzir para mim. É tão belo quanto nosso Petrarca.

– Se o senhor está dizendo.

Michelangelo está ligeiramente irritado com as insinuações do jovem. Como de hábito, ele não pode abster-se de chegar ao limite da impolidez:

– O senhor teria alguma coisa contra ele?

Arslan não hesita nem um segundo.

– Não, claro, ao contrário. É o protegido do grão-vizir; pode-se medir a importância de alguém pelo poder dos amigos.

Apesar de não ser um cortesão arrematado, Michelangelo percebeu a perfídia nas palavras de Arslan.

Bem que ele gostaria que o macaco fosse urinar nos calções do comerciante, mas o animal agarrou a pena sobre a escrivaninha e, como um cavaleiro peludo a manejar desastradamente uma lança grande demais para ele, tenta mantê-la reta e traçar sabe-se lá o quê no papel.

Michelangelo gargalha.

– Está vendo? Nada disso tem muita importância.

Arslan sente-se obrigado a gargalhar com ele.

– Não passam de macaquices, a se acreditar no seu horrível animal.

Michelangelo fica um momento silencioso antes de insinuar:

– É verdade. Nós todos macaqueamos Deus em sua ausência.

Vinte e quatro de junho, dia de São João, o caravançará de Maringhi está em festa. Michelangelo é até certo ponto o convidado de honra; alguns comerciantes genoveses e venezianos estão ali, esquecendo a rivalidade por certo tempo; Mesihi também, é claro, bem como Falachi e tudo aquilo que Istambul contém de florentinos e toscanos. Todos foram à missa da manhã, na igreja latina do outro lado do Corno de Ouro; pensam em Florença, nas fogueiras que ao anoitecer serão acesas à margem do Arno, e todos estão um pouco melancólicos. Michelangelo faz companhia a Mesihi, que vende beleza num cafetã bordado. O verão mal começa, no entanto o calor já está sufocante, apesar da sombra do pátio, onde foram montadas as mesas do banquete. Arslan chega também e cumprimenta respeitosamente o anfitrião antes de se aproximar de Michelangelo e Mesihi. O escultor percebe que o poeta estremece de surpresa ou descontentamento; não parece ter grande afeição por aquele compatriota cosmopolita.

Michelangelo está decepcionado por ver que Arslan veio sozinho; esperava secretamente que ele chegasse com o cantor tão esperado; não ousa fazer a pergunta.

Todos se sentam à mesa.

Maringhi fez as coisas muito bem. O banquete é abundante e interminável. Michelangelo, o frugal, incomodado com o calor, come parcimoniosamente. Na metade da refeição, abandona os convivas e retira-se para seu quarto, pretextando cansaço, ele que é incansável. Relê o soneto escrito na véspera, acha-o ruim e o rabisca com raiva.

Só desce de volta ao pátio algumas horas depois. Mesihi desapareceu. Os convivas estão reduzidos à metade. Jogam, tomam refresco. Arslan continua lá, o que dá alguma tranquilidade ao artista. Nem toda esperança está perdida. Talvez cheguem mais tarde. Sim, é isso, provavelmente. Os músicos chegarão à noite, com as fogueiras.

Michelangelo saboreia aquela sopa de cerejas açucaradas, refrescada com a neve da Anatólia ou dos Bálcãs, comprimida em grossos blocos e conservada no escuro, bem no fundo de cisternas, coberta de palha.

É convidado para uma partida de dados ou gamão, recusa. É menos jogador do que bebedor, se isso é possível. Senta-se perto de Arslan, que exibe seu eterno sorriso e o interroga sobre seus negócios, assunto de conversa como qualquer outro.

– Não posso me queixar. A paz com a República favorece o comércio. Eu deveria voltar logo para Veneza. Tenho um entreposto ali, não tão grande quanto este, claro, mas próspero, apesar disso.

Custa a Michelangelo convencer-se de que aquele jovem atlético é de fato comerciante. Qualquer um o imaginaria espadachim ou mesmo cortesão, mas sem dúvida não atrás de um balcão, mesmo que veneziano. Pergunta-se por qual acaso ele é íntimo de Maringhi. Decerto todos os negociantes se conhecem; talvez até comprem artigos uns dos outros. Os florentinos presentes estão alegres, de uma alegria nostálgica; o anfitrião mandou preparar uma pilha de lenha no meio da fonte de seu pátio, que será acesa à noite, expondo ao risco de incendiar todo o quarteirão, o que não parece preocupar demais. Michelangelo lembra-se das festas de São João no palácio de Lourenço, o Magnífico, no tempo em que era ainda aprendiz, e sente um aperto no coração. A vida só lhe deu poucos momentos agradáveis até agora; anos de trabalho renhido, sofrimentos e humilhações. Mas as lembranças do palácio dos Medici brilham nele com uma luz especial. Além da excelente formação que recebeu lá, havia nas pessoas que cercavam o Magnífico, na vida da corte, uma segurança quase familiar de que muitas vezes tem saudade, fosse ela devida à despreocupação da juventude, fosse à sede de aprender, jamais saciada. Frequentemente teve confrontos com seus camaradas; lá aprendeu a suar, lutar, sofrer e trabalhar. É no duro olhar de seus mestres que se encontra o pai de Michelangelo. Em sua dureza e em sua rara ternura.

 O dia começa a declinar; o céu se fende de rosa, uma ligeira brisa marítima refresca o caravançará; as portas foram escancaradas para deixar entrar o ar que percorre agora as arcadas e agita suavemente as folhas da figueira.

Mesihi volta, depois de ter sido chamado com urgência pelo vizir. Parece preocupado. Michelangelo não presta realmente atenção a isso.

Está aliviado.

Ouviu os florentinos murmurando que os músicos logo chegariam, que a fogueira seria acesa, que iam beber.

De repente, pode entregar-se à alegria da noite de verão.

Triste presságio, naquela manhã o macaco morreu. Ou talvez naquela noite; ao acordar, Michelangelo encontrou-o estendido no chão, com as patas dobradas, a cabeça descansando no queixo, como que detido na corrida.

Michelangelo tomou a minúscula mão na sua, levantou-a, ela voltou a cair.

Recolheu o animal, ele parecia ter perdido todo o peso, não pesar mais nada, como se só a energia da vida lhe desse massa.

Era uma coisa ínfima que a morte tornava ainda mais frágil.

Michelangelo sentiu um aperto no coração. Deitou o pequeno despojo na gaiola, que desenganchou e pousou no chão.

Preferiu não o ver mais e chamou um criado para que o livrassem dele imediatamente, esperando com isso apagar também a estranha tristeza que o estrangulava. Chorou aquela morte como a de uma criança que mal se tivesse tempo de conhecer.

Michelangelo sonha com um banquete de outrora, no qual se discutisse Eros sem que o vinho jamais empastasse a fala, sem que a elocução se ressentisse, em que a beleza fosse apenas contemplação da beleza, longe daqueles momentos de fealdade que prefiguram a morte, quando os corpos se entregam a seus fluidos, seus humores, seus desejos.

Sonha com um banquete ideal, em que os comensais não cambaleassem na fadiga e no álcool, de que toda vulgaridade estivesse banida em favor da arte.

Olha os anfitriões, que se enfeiam no gozo, todos, exceto Arslan e Mesihi, que se medem estranhamente, com expressão de desafio mútuo, sem quase levarem a taça aos lábios perfeitos.

Há ali um mistério que Michelangelo não procura decifrar; pensa vagamente, pois é vaidoso, que aquilo tem a ver com ele, com sua pessoa.

Como sempre, quando prestes a concluir um projeto, está feliz e triste; feliz por ter terminado e triste porque a obra não é tão perfeita como se Deus mesmo a tivesse criado.

Quantas obras de arte serão necessárias para pôr a beleza no mundo? Pensa ele observando os convivas embriagar-se.

O fogo a dançar no tanque deforma os rostos; são todos monstros terríveis de outra era, gárgulas de sombras móveis.

Só uma chama alaranjada o hipnotiza, é o corpo da cantora. Seus movimentos leves, sua melodia a subir na noite, sua mão a tanger inteligentemente a percussão na indiferença geral.

Michelangelo sente-se ansioso.

Deseja ter de novo perto de si, na penumbra, aquela voz amada. Sente que Mesihi o olha com estranha preocupação. É agitado por sentimentos contraditórios.

Dessa vez, absteve-se de tocar no vinho forte que os compatriotas sorvem em grandes goles ruidosos.

Muitas vezes desejamos a repetição das coisas; ansiamos por reviver um momento que escapou, voltar a um gesto que deixamos de fazer ou a uma palavra que não pronunciamos; fazemos um esforço para reencontrar os sons que ficaram na garganta, a carícia que não ousamos fazer, a perda de fôlego que desapareceu para sempre.

Deitado de lado no escuro, Michelangelo se sente perturbado por sua própria frieza, como se a beleza sempre se furtasse a ele. Nada há de palpável, nada de alcançável no corpo, ele desaparece entre as mãos como a neve ou a areia; nunca se encontra a unidade, nunca se atinge a chama; separados, os dois pedaços de argila não se reunirão mais, errarão no escuro, guiados pela ilusão de uma estrela.

No entanto, gosta dessa pele encostada às suas costas, do frêmito liso dos cabelos estranhos em seu pescoço, de seu perfume de especiarias; a magia já não atua. O prazer o deixa de mármore.

Gostaria que o abrissem, que liberassem a paixão nele. Então ele alçaria voo e se incendiaria como a fênix.

Sentes que o fim se aproxima, que é a última noite. Terá havido a possibilidade de estenderes a mão para mim, eu terei me oferecido em vão. Assim é. Não é a mim que desejas. Sou apenas o reflexo de teu amigo poeta, aquele que se sacrifica por tua felicidade. Não existo. Agora talvez descubras isso; sofrerás depois, provavelmente; esquecerás; de nada te adiantará cobrir as paredes com nossos rostos, nossos traços se apagarão aos poucos. As pontes são coisas bonitas, desde que durem; tudo é perecível. És capaz de estender uma ponte de pedra, mas não sabes entregar-te aos braços que te esperam.

    O tempo resolverá tudo isso, quem sabe. O destino, a paciência, a vontade. Nada restará de tua passagem por aqui. Vestígios, indícios, uma construção. Como meu país desaparecido, acolá, do outro lado do mar. Ele só vive nas histórias e naqueles que as carregam. Será preciso lhes falar durante muito tempo de batalhas perdidas, reis esquecidos, animais desaparecidos. Daquilo que foi, daquilo que poderia ter sido, para que seja de novo. Essa fronteira que traças quando me dás as costas, como uma linha que se traça com um pau na areia, será apagada um dia; um dia tu mesmo te entregarás ao presente, ainda que na morte.

    Um dia voltarás.

Michelangelo observou longamente a jovem adormecida perto dele. É uma sombra dourada; a vela que tremula ilumina seu tornozelo, sua coxa, sua mão fechada como que para reter o sono ou algo inacessível; sua pele é sombria, Michelangelo passa levemente o dedo sobre o braço dela, sobe até a concavidade do ombro.

Não sabe nada sobre ela; deixou-se encantar por aquela voz esgotada, depois a olhou adormecer, enquanto a fogueira de São João morria, deixando à mostra as estrelas inumeráveis da noite de junho.

Três palavras espanholas giram em sua cabeça como uma melodia.

Reyes, batallas, elefantes.
Battaglie, re, elefanti.

Vai registrá-las em seu caderno, assim como uma criança guarda ferozmente seu tesouro de seixos preciosos.

Mesihi acompanhou Arslan até a porta do caravançará. Bêbados, os florentinos foram dormir; só os criados de Maringhi ainda giram pelo pátio e dão sumiço aos últimos vestígios do banquete.

Mesihi olha o fogo apagar-se aos poucos, a tristeza cobri-lo com suas cinzas.

Pressente que vão arruinar Michelangelo para sempre.

O obsequioso Arslan é um estranho espião, ao mesmo tempo agente de Veneza e homem do sultão; navega entre um e outra, propondo seus serviços nebulosos dos dois lados do mar.

Aqui também há conspirações e jogos palacianos; invejosos, intrigantes dispostos a tudo para desacreditar Ali Paxá aos olhos de Bayazid, para impedir a construção dessa ponte ímpia, obra de um infiel, para provocar a desgraça do ministro por meio de um escândalo.

Michelangelo não desconfia de nada disso.

Mesihi sabe que Arslan é uma engrenagem dessas artimanhas; não tem poderes contra ele, principalmente porque, em troca do pagamento de um feudo na Bósnia, Arslan acaba de lhe revelar o teor do complô. Mesihi ofereceu tudo o que tem por essa informação.

Agora se sente sozinho e abatido; sabe o que tem de fazer.

Vai precisar afastar aquele que ama, para protegê-lo.

Arrancá-lo à mortal andaluza.

Organizar sua fuga, esconder sua partida e dizer-lhe adeus.

Vou precisar te matar. Não sabes disso. Não poderias acreditar. Não estou dormindo; estou esperando que durmas para pegar a adaga negra de cima de tua mesa e com ela atravessar teu corpo. O despeito não tem nada com isso. Assim é. Não tenho escolha. Sempre se tem escolha. Eu poderia desistir agora; desistir do dinheiro, enfrentar as ameaças; se não te matar, me encontrarão afogada do outro lado do Bósforo, ou estrangulada no meu quarto com um cordão de seda. Sempre é possível sonhar. Eu poderia ter imaginado uma fuga na noite, contigo ou com outro; adiei este momento o máximo que pude.

Não sei se vou conseguir.

Vou precisar juntar todo o ódio que eu possa sentir contra teus semelhantes, e não o tenho. Ou não muito. Vou precisar convocar as forças do passado, imaginar que vingo meu pai, vingar meu país perdido, vingar os meus, dispersos, espalhados pelas costas do mar.

Sei que não tens nada com isso.

Há forças que nos puxam, nos manipulam nas trevas; resistimos. Resisti. Talvez a última barreira seja o medo, a lembrança de tua mão me acariciando suavemente como se descobrisse o tronco de uma árvore desconhecida.

Não me desejas, no entanto és carinhoso.

Não vou conseguir. Não tenho a dor apaixonada do vizir que trai seu amante; não tenho a cólera invejosa do sultão que o mata.

Empunhei uma arma só uma vez, uma horrível vez, e tremi um ano inteiro.

Até mesmo os soldados precisam de urros e do estrépito da batalha para encontrar coragem.

Eu poderia explicar-te por que me confiaram essa tarefa, por qual acaso; falar-te de teus numerosos inimigos, de mim, de minha vida, e isso não mudaria nada. Esses poderosos que temes decidiram a tua sorte e a minha. Se me tivesses insuflado a loucura do amor, eu saberia te seduzir, talvez então pudéssemos fugir juntos.

Procurei amar-te para não precisar te matar.

Adormeceste.

Preciso acabar com isso.

Felizmente na sombra mal vou adivinhar teu rosto; vai ser mais simples; essa lâmina é tão perfeita que cortará tua garganta sem nenhum esforço, impedindo-te de gritar; sentirás um derramamento quente no peito, asfixiarás sem entenderes, e tuas forças te abandonarão.

Judite fez isso outrora, para salvar seu povo. Não tenho nenhum povo para salvar, nenhuma velha para segurar um saco no qual possa esconder tua cabeça; estou sozinha e tenho medo.

Esta lâmina pesa muito mais do que uma cimitarra de janízaro; tem o peso de nossas duas vidas juntas.

Vou ficar até o fim dos tempos com o punhal na mão, em pé na noite, sem ousar partir nem ferir.

Michelangelo é acordado por um grito, uma luta na escuridão; sente medo, rola para baixo da cama, sem entender; um pedido de socorro, choques confusos no chão; vê que alguém traz luz, ouve alguém chamá-lo. Levanta-se com dificuldade.

Há um corpo de mulher ensanguentado no chão.

Mesihi está em pé, olhar desvairado, selvagem e pálido ao mesmo tempo.

Ainda brande a adaga negra de Aldobrandini, que acaba de penetrar com tanta facilidade a carne da cantora.

Michelangelo fica confuso por alguns segundos. Não consegue desviar o olhar do corpo nu deitado no chão: uma poça negra cresce por debaixo do peito dela; o rosto, de lado, meio encoberto pelos cabelos desalinhados, tem uma palidez de lua; parece agitado por um último movimento, que não é movimento, é um estremecimento, no máximo.

No umbral da porta, os criados com castiçais estão estupefatos, surpreendidos tanto pela beleza e pela nudez da jovem quanto pela violência da cena.

O escultor inclina-se para ela, descobrindo suas formas na luz. Não ousa tocá-la.

Volta-se para Mesihi.

De repente precipita-se sobre ele gritando; dá-lhe um soco no rosto, deixando-o meio aturdido; por reflexo, Mesihi ergue o punhal para se proteger e fere Michelangelo no braço; insensível ao medo, o escultor o atinge de novo, agarra-lhe o punho, e gira; gira, ele é forte; tem força e está ferido e, se os criados de Maringhi não interviessem para dominá-lo, os ossos não só seriam quebrados como também, de posse da adaga, ele sem dúvida teria matado o poeta com mil golpes furiosos.

Michelangelo está surpreso e fraco demais, magoado demais para chorar. Deixou que Manuel lhe fizesse um curativo no braço; o punhal abriu-lhe uma bela ferida bem reta no bíceps. Acariciou pela última vez, às escondidas, os cabelos da cantora de corpo frio como o mármore; evitou olhar seu rosto, seus olhos fechados.

Em seguida o cadáver desapareceu.

Michelangelo ficou sentado muito tempo na cama, com o coração disparado, tentando compreender, e compreendeu.

Compreendeu a terrível vingança de Mesihi, seu ciúme atroz; imagina o poeta agindo de sangue-frio, na noite, e estremece.

Achou melhor matar a jovem para que ela não lhe roubasse Michelangelo.

O escultor freme de cólera e dor. Levará meses até conseguir voltar a dormir.

Mesihi decidiu ficar calado.

Fugiu na noite, também ferido, com o punho dolorido; fumou ópio, bebeu até vomitar; nada adiantou. Revê a imagem daquele corpo em pé na penumbra, com a arma na mão; lembra-se de ter se precipitado para ele, de ter lutado; ela gritava, ela se debatia; depois parou de se debater, quando era ele quem estava com a arma; por mais que tente se lembrar, a ponto de bater a cabeça nas paredes, é incapaz de entender o que aconteceu, como sentiu o contato de um seio contra seu peito, a jovem suspirar e dobrar-se, depois cair, ferida de morte.

Tem a impressão de que ela se jogou sobre a lâmina.

Nunca vai saber.

Mesihi está bêbado sem estar.

Treme; chora na solidão; envolve-se num manto de lã escura, frágil muralha contra o mundo, quando o dia chega.

Buonarroto, não tenho tempo de responder à sua carta, pois é noite; e, mesmo que tivesse tempo, não poderia lhe dar uma resposta firme, pois não consigo enxergar o fim de meus assuntos aqui. Estarei perto de vocês logo e então farei tudo o que for possível por vocês, como fiz até agora. Eu mesmo me sinto pior do que nunca, ferido e com uma grande canseira; no entanto, tenho a paciência de me esforçar para atingir o objetivo projetado. Portanto, vocês podem esperar mais um pouco, pois estão numa situação mil vezes melhor do que a minha.

Michelagnolo

Mesihi calou-se.
Sacrificou seu amor uma última vez, sem esperar nada em troca.

Defendeu aquele ocidental contra o inimigo dele, salvou-o e é o que importa; azar se, ao salvá-lo, perdeu-o para sempre.

Esquecerá dele, quem sabe, nas tavernas de Tahtakale, nos braços dos efebos e das cantoras de olhos de huri que virão massagear-lhe as coxas; na beleza da poesia e da caligrafia.

Chora com frequência; só a chegada da noite e da orgia lhe traz um pouco de reconforto.

Quatro camisas de lã, uma delas rasgada e manchada de sangue, dois gibões de flanela, uma sobreveste do mesmo tecido, três penas e outros tantos frascos de tinta, um espelho quebrado, quatro folhas cobertas de desenhos, outras duas de escritas, três pares de calções, um compasso, sanguinas numa caixa de chumbo, um estojo de prata contendo selos, um timbale do mesmo metal: esse é o inventário preciso daquilo que se encontrará no quarto de Michelangelo depois de sua partida, metodicamente registrado pelos escribas otomanos.

Ele sai de Constantinopla em segredo. Perseguido pela presença da morte, acabrunhado pela lembrança de um amor que não soube dar antes que fosse tarde demais, traído – acredita – pelo ciúme de Mesihi, enganado pelos poderosos, pressionado pelos irmãos e pela perspectiva de voltar a trabalhar para o papa, decide fugir, como fugiu de Roma três meses antes, ferido, atormentado, extenuado.

Sai de Istambul sem um tostão.
Mesihi não apareceu em casa de Maringhi.
Michelangelo hesitou em mandar chamá-lo; não conseguiu tomar a decisão.

Organizou a fuga com Manuel; não sabe que, de longe, foi Arslan quem arranjou tudo, encontrou a embarcação veneziana que o deixará em Ancona, pagou grande parte dos custos da passagem.

Livram-se do artista incômodo, perdido entre duas costas.

Na noite de sua partida, no cais abaixo das muralhas, o divino Michelangelo não passa de um corpo ferido e assustado, envolto em cafetã negro, com pressa de fazer-se à vela, com pressa de rever Florença.

Algumas centenas de metros atrás deles, a montante, ergue-se a forma negra da andaimaria do botaréu da ponte que Michelangelo não verá.

Abraça Manuel demoradamente, como se outro estivesse em lugar dele, depois sobe a bordo. Sente uma dor surda no peito, atribui ao ferimento; brotam-lhe lágrimas dos olhos.

O único objeto que levou é o caderno, no qual anota umas últimas palavras, enquanto o navio passa pela ponta do Serralho.

Aparecer, despontar, brilhar.
Constelar, cintilar, extinguir-se.

Escondido pelas embarcações, Mesihi logo deu as costas. Não quer observar por mais tempo, não tem mais nada que ver: remos sombrios ferindo as ondas escuras, vela quadrada de uma brancura que não consegue rasgar a noite.

Vai perder-se nas ruas da cidade, perder-se nas espeluncas de Tahtakale; como única lembrança de Michelangelo, conserva o desenho de um elefante e, principalmente, nas dobras da roupa, a adaga negra e dourada que agora lhe queima o ventre como se estivesse em brasa.

Epílogo

Em 14 de setembro de 1509, no exato momento em que Michelangelo inaugura o canteiro de obras da capela Sistina, um terrível tremor de terra atinge Istambul. Os cronistas descrevem com minúcias seus terríveis estragos: cento e nove mesquitas e mil e setenta casas são inteiramente arrasadas; vários milhares de homens, mulheres e crianças morrem sepultados sob os escombros. Conta-se que numa única casa do vizir Mustafá Paxá morrem trezentos cavaleiros com seus trezentos cavalos. As muralhas são derrubadas em parte do lado do mar e por inteiro do lado da terra; o asilo dos pobres e grande parte do complexo da mesquita de Bayazid são destruídos. O revestimento que cobre os mosaicos bizantinos da basílica de Santa Sofia cai, revelando os retratos dos evangelistas, que, conforme dizem os cristãos, protegem tão bem as igrejas que nem uma única é afetada.

Em todo caso, os santos não cuidam da ponte de Michelangelo, da qual já foram erigidos os pilares, o botaréu e os primeiros arcos: abalada, a obra rui; seus destroços serão arrastados para o Bósforo pelas águas que o sismo tornou furiosas, e não se falará mais nisso.

Dois anos depois, em 5 de agosto de 1511, enquanto Michelangelo, curvado, continua penando em cima de seu andaime na capela Sistina, Ali Paxá morre. Primeiro grão-vizir morto em combate, morre a cavalo, no meio de seus janízaros, atingido em pleno peito pela flecha de um dos xiitas do Leste, os tekkes, cuja rebelião procura debelar. Conta-se que será vingado de maneira horrível por Ismail, novo rei da Pérsia, que de tal maneira desejava reconciliar-se com vizinho tão poderoso, depois de ter utilizado os revoltosos para consolidar seu poder; capturados, os assassinos do grão-vizir serão lançados num caldeirão de água fervente. Urrarão muito, dizem, antes de serem cozidos e devorados por seus guardas.

Essa terrível vingança não mudará coisa alguma para Mesihi. O poeta desguarnecido, bêbado e sem protetor expirará antes mesmo do término da abóbada tão famosa, em que Deus dá vida àquele Adão cujo rosto se parece tanto com o do poeta turco.

Dois dedos estendidos que não se tocam.

Mesihi morrerá ao pôr do sol, numa noite de julho de 1512, pobre e solitário, depois de ter procurado em vão um novo mecenas. Conhece-se um de seus últimos versos:

Meu Deus, não me mandeis para o túmulo antes que meu torso possa acariciar o peito de meu amigo.

Talvez por ser incréu e assassino a contragosto, ou simplesmente porque sua prece era indecente, não será atendido; expirará num estertor sem poesia, sopro rouco logo engolido pelo chamado à prece do poente, que escoava já dos inúmeros minaretes.

O sultão Bayazid, segundo do nome, gostava de pontes. Entre todas as obras de arte que mandou construir nas vinte e quatro províncias da Ásia e nas trinta e quatro da Europa que compunham então seu Império, contam-se: uma ponte de nove arcos sobre o Qizil-Ermak em Osmandjik; de catorze arcos sobre o Sakarya; de dezenove arcos sobre o Hermos em Sarukhan; de seis sobre o Khabur, de oito sobre o Valta, na Armênia; de onze arcos curtos e sólidos para deixar passar o exército perto de Edirna, sem contar todas as pontes de madeira lançadas ao sabor dos cursos de água de menor importância, encontrados por seus janízaros ou administradores.

Morreu pouco depois de ter abdicado a favor de seu filho Selim, em 1512, a caminho de Dimetoka, sua terra natal, à qual nunca chegou; o veneno administrado por um esbirro de Selim, ou aquelas outras peçonhas que são a tristeza e a melancolia, venceram aquele que tinha sonhado com uma obra assinada por Leonardo da Vinci ou Michelangelo Buonarroti em Istambul: entregou a alma a Deus perto da aldeia de Aya, segundo dizem, debaixo de seu dossel vermelho e dourado, perto do pilar de uma pequena ponte sobre a estrada de Andrinopla, à sombra da qual havia sido acomodado.

Muito tempo depois, em fevereiro de 1564, é a vez de Michelangelo, que se prepara para desaparecer. Dezessete grandes estátuas de mármore, centenas de metros quadrados de afrescos, uma capela, uma igreja, uma biblioteca, o domo do mais célebre templo do mundo católico, vários palácios, uma praça em Roma, fortificações em Florença, trezentos poemas, sonetos e madrigais, outros tantos desenhos e estudos, um nome associado para sempre à Arte, à Beleza e ao Gênio: eis aí, entre outras coisas, aquilo que Michelangelo se prepara para deixar atrás de si, alguns dias antes de completar oitenta e nove anos, sessenta anos depois de sua viagem a Constantinopla. Morre rico, com um sonho realizado: devolveu à sua família a glória e as possessões passadas. Tem a esperança de ver Deus, e o verá decerto, pois crê nisso.

É bastante tempo, sessenta anos.

Entrementes, escreveu sonetos de amor, na falta de ter conhecido algum, preso à lembrança de uma mecha de cabelos mortos.

Frequentemente acaricia a cicatriz esbranquiçada no braço e pensa no amigo perdido.

De Istambul resta-lhe uma vaga luz, uma suavidade sutil misturada à amargura, uma música distante, formas suaves, prazeres enferrujados pelo tempo, a dor da violência, da perda: o abandono das mãos que a vida não deixou tomar, dos rostos que já não serão acariciados, das pontes que ainda não foram lançadas.

NOTA

A citação inicial, na qual se fala de reis e elefantes, pertence a Kipling, na introdução de *Life's Handicap*.

Quanto ao assunto que nos interessa aqui, eis o que é possível detectar:

O convite do sultão é relatado por Ascanio Condivi (biógrafo e amigo de Michelangelo) e mencionado também por Giorgio Vasari. O desenho de Leonardo da Vinci para uma ponte sobre o Corno de Ouro existe realmente e é conservado no museu da Ciência de Milão.

As cartas de Michelangelo a seu irmão Buonarroto ou a Sangallo citadas aqui são autênticas, eu as traduzi de seu *Carteggio*. As plantas de Santa Sofia enviadas a Sangallo por Michelangelo estão na biblioteca apostólica Vaticana, no códex Barberini.

O esboço *Projeto de uma ponte para o Corno de Ouro*, atribuído a Michelangelo, foi recentemente descoberto nos arquivos otomanos, bem como o inventário dos pertences deixados no quarto.

A anedota de Dinocrates realmente aparece em Vitrúvio, no início do livro II do *Tratado de arquitetura*.

A história do sultão e do vizir andaluz corresponde a um episódio da biografia movimentada de Al-Mu'tamid, último príncipe da taifa de Sevilha.

A adaga de damasco preto realçada de ouro está exposta numa vitrine do tesouro de Topkapi.

A biografia de Mesihi de Pristina, o *shahrengiz*, figura em todas as histórias da literatura otomana, mas principalmente em Gibb, no segundo volume, bem como os excertos de sua poesia aqui reproduzidos.

As vidas de Bayazid II, de seu vizir Ali Paxá e do pajem genovês Menavino, meu Falachi, estão amplamente documentadas nas crônicas contemporâneas e posteriores.

O terremoto que atingiu Istambul em 1509 infelizmente é real, bem como seus estragos.

Quanto ao resto, nada se sabe.

IMPRESSÃO:

Pallotti
GRÁFICA EDITORA
IMAGEM DE QUALIDADE

Santa Maria - RS - Fone/Fax: (55) 3220.4500
www.pallotti.com.br